# 恋爱的犀牛

## 廖一梅 著

湖南文艺出版社

# Contents

目
录

RHINO

手记

1999 年夏天，《恋爱的犀牛》首次演出，编剧廖一梅和导演孟京辉站在排练厅的幕前

CEROS
N LOVE

## 关于《恋爱的犀牛》的
## 几点想法

1

波兰斯基在他的回忆录里说：我懂得了爱情与喜剧、体育和音乐没有不同，在享受爱的同时，人们可以感到生活轻松自如……他有此感受的时候大约三十出头，《水中刀》刚刚获得奥斯卡最佳外语片提名，正春风得意，身边很有一些美女。像波兰斯基这样的幸运者的爱情可能是喜剧和音乐，用来装点美丽人生。但是另一些时候，爱是折磨。而对我来说，正是这种折磨有着异乎寻常的力量。为什么是古希腊的悲剧而不是喜剧更能体现人类精神呢？因为令人类能够自己敬重自己的品质都不是轻松愉快的——而是那些对不可抗拒的命运的倔强态度、保持尊严的神圣企图之类不可轻易谈笑的东西。

《恋爱的犀牛》是一个关于爱情的故事，讲一个男人爱上一个女人，为她做了一个人能做的一切。剧中的主角马路是别人眼中的偏执狂，如他朋友所说——过分夸大了一个女人和另一个女人之间的差别，在人人都懂得明智选择的今天，算是人群中的犀牛——实属异类。所谓"明智"，便是不去做不可能、不合逻辑和吃力不讨好的事，在有着无数可能、无数途径、无数选择的现代社会，人人都能找到自己的最佳位置，都能在情感和实利之间找到一个明智的平衡支点，避免落到一个自己痛苦别人耻笑的境地。这是马路所不会的，也是我所不喜欢的。不单感情，所有的事都是如此——没有偏执就没有新的创举，就没有新的境界，就没有你想也想不到的新的开始。

爱是自己的东西，没有什么人真正值得倾其所有去爱。但爱可以帮助你战胜生命中的种种虚妄，以最长的触角伸向世界，伸向你自己不曾发现的内部，开启所有平时麻木的感官，超越积年累月的倦怠，剥掉一层层世俗的老茧，把自己最柔软的部分暴露在外。因为太柔软了，痛楚必然会随之而来，但没有了与世界、与人最直接的感受，我们活着是为了什么呢？


2

"爱之于我，不是肌肤之亲，不是一蔬一饭，它是一种不死的欲望，是疲惫生活中的英雄梦想。"

我喜欢的杜拉斯的话。

3

马路说："忘掉是一般人能做的唯一的事，但是我决定不忘掉她。"


4

剧中人有具体的情境、具体的职业和具体的个人遭遇，但这些都不具有实际意义。

我希望看过戏的观众，能感到在他的生命中有一些东西是值得坚持、可以坚持的。

至于爱情的结局，不是这个戏里所关心的。


廖一梅

写于 1999 年夏《恋爱的犀牛》首演

RHINO

剧本

CEROS
N LOVE

# 人物

马路

明明

牙刷

大仙

黑子

红红

莉莉

红红、莉莉的经纪人

恋爱课教授

主持人

摄影师

警察

市民若干

宣讲人及他带领的歌队

剧中角色在不同的时候充当歌队，也作为剧中的市民。

# 序幕

舞台上，女孩明明被蒙着眼睛绑在椅子上。
年轻人马路坐在她旁边。

马　路：黄昏是我一天中视力最差的时候，一眼望去满街
都是美女，高楼和街道也变幻了通常的形状，像在电影
里……你就站在楼梯的拐角，带着某种清香的味道，有
点湿乎乎的，奇怪的气息。擦身而过的时候，才知道你
在哭。事情就在那时候发生了。我有个朋友牙刷，他要我
相信我只是处在发情期，像图拉在非洲草原时那样。但我
知道不是。你是不同的，唯一的，柔软的，干净的，天空
一样的，我的明明。我怎么样才能让你明白呢？你如同我
温暖的手套，冰冷的啤酒，带着阳光味道的衬衫，日复一
日的梦想。你是甜蜜的，忧伤的，嘴唇上涂抹着新鲜的欲
望，你的新鲜和你的欲望把你变得像动物一样不可捉摸，
像阳光一样无法逃避，像戏子一般毫无廉耻，像饥饿一样
冷酷无情。我想给你一个家，做你孩子的父亲，给你所有
你想要的东西。我想让你醒来时看见阳光，我想抚摸你的
后背，让你在天堂里的翅膀重新长出。你感觉不到我的渴
望是怎样地向你涌来，爬上你的脚背，淹没你的双腿，要

恋爱的犀牛

把你彻底吞没吗？我在想你呢，我在张着大嘴，厚颜无耻地渴望你，渴望你的头发，渴望你的眼睛，渴望你的下巴，你的双乳，你美妙的腰和肚子，你毛孔散发的气息，你伤心时搅动的双手。你有一张天使的脸和婊子的心肠。我爱你，我真心爱你，我疯狂地爱你，我向你献媚，我向你许诺，我海誓山盟，我能怎么办就怎么办。我怎样才能让你明白我如何爱你？我默默忍受，饮泣而眠？我高声喊叫，声嘶力竭？我对着镜子痛骂自己？我冲进你的办公室把你推倒在地？我上大学，我读博士，当一个作家？我为你自暴自弃，从此被人怜悯？我走入精神病院，我爱你爱崩溃了，爱疯了，还是我在你窗下自杀？明明，告诉我该怎么办。你是聪明的，灵巧的，伶牙俐齿的，愚不可及的，我心爱的，我的明明……

在 20 世纪浩如烟海的书籍中，歌队成员每人随手拿起一本，随意朗读。

宣讲人：400 多年前，诺查丹玛斯站在法国南部的一个小镇里仰望头上的云彩，对于未来他说了什么？

A："你不享受生活就是罪孽。"

B："科学将挽救人类，还是将人类带入深渊？"

C："永不要要求完美，你无权向任何人要求任何东西。"

D："不应该再有知识分子了！"

E："上帝坐在高处抽烟，上帝他沉默无言。"

A："她对许多东西过敏，米，面，牛奶，或者说她对生活过敏。"

B："反对单调，拥护多样，反对拘束，拥护狂热，反对一致，拥护等级，反对菠菜，拥护带壳的蜗牛。"

C："结婚吧，艾伦，不要吸毒！"

D："给我一双高跟鞋，我就能征服全世界。"

E："我看见了他闪亮的眼睛，看见了他的双翼，看见那辆破旧的汽车喷射出熊熊的火焰，在路上不断燃烧，它穿过田野，横穿城市，毁灭桥梁，烧干河流，疯狂地向西部奔驰。"

**电视台的主持人手执话筒出现。灯渐亮。**
**看得见一只大钟的底座占满了整个舞台后部，由此可以想见钟的巨大，众人聚集在大钟前。**

主持人：为了迎接新世纪的到来，我们要建造一座世界上独一无二的大钟，它巍然屹立，坚不可摧，体现人类的智慧和力量。此时的大钟制造现场一片紧张而欢乐的景象，市民们聚集在现场周围久久不肯离开。大家都在为我们的这项创举而激动不已！

市民甲：100 公斤，仅仅秒针就 100 公斤，时间从没有像现在走得这么沉重。

市民乙：现代科技的奇迹，机芯全部由钛金属制成，经得起是非荣辱，耐得过沧海桑田。

市民丙：100 位本世纪出生、本世纪死去的杰出诗人的诗句被刻上表盘。

市民丁：一位 67 岁的老诗人为了让自己的作品入选刚刚

自杀。

市民甲：献给来临的新世纪，举世无双的世纪大钟。

市民乙：我建议写成世界第 9 大奇迹，外星人的引路灯塔。

市民丙：为大钟发行的彩票，奖金已经累积到 500 万元，还在继续上升！拿到这笔钱的会是 21 世纪的幸运儿！

市民丁：听说表盘上的数字是镀金的，就像这个世纪的人爱说的——时间就是金钱。

市民甲：我们家邻居答应给我 5 万块钱，如果我把他名字的字母缩写藏在表针后面。

市民乙：你敢！你们是在破坏两百年后的文物！

市民丙：我要在 8 点的边上偷偷刻上自己的名字，这样就可以流芳百世。

某　女：我要把我爱人的名字刻上大钟的基座，旁边再刻上一颗心，代表我们的爱情。

**众人一起对她侧目而视。**
**合唱。**

>　　　　爱情是多么美好，但是不堪一击。

>　　　　爱情是多么美好，但是不堪一击。

　　　　　　恋 爱 的 犀 牛

# 第二场

马路家。

大仙手里玩着一副纸牌，黑子、马路坐在一边。

黑　子：他还来不来？

马　路：我怎么知道。

黑　子：重色轻友！

大　仙：（一手拿一张牌）看着，看着，这边是红的吧，这边是黑的，我吹一口气，红的能变成黑的。看着呀！

大仙变戏法，马路和黑子看着，兴趣不大。

大　仙：怎么样？

黑　子：小石到底怎么说的？

大　仙：他说一会儿就过来。

黑　子：以后不带他玩了。

大　仙：行。（又变戏法）看着，看着！

黑　子：（对马路）你们旁边新搬来那姑娘是干吗的？

大　仙：瞎打听什么！

黑　子：我也想变成有事干的人！问你呢，马路。

马　路：我想是办公室的秘书，或者打字员。

黑　子：她告诉你的？

马路摇头。

黑　子：那你怎么知道？

马　路：因为她身上有股复印机的味道。

黑　子：开玩笑。

马　路：我能从一个人散发的气味判断他的身份、职业、和他刚刚干了些什么。不相信？闻闻大仙，闻到那股医院味了吗？那是用多少柠檬香洗衣粉和力士香皂也洗不掉的，它已经浸到了你的骨头缝里，无时无刻不在往外散发。那些带着空调和复印机气味的职员，满身烟味的小商人……刚刚从厨房出来、打扮一新逛商场的主妇，尽管喷了香水，还是遮不住头发里的油烟味儿。还有那些鸡，个个身上都带着呛人的精液的涩味。我甚至能从呼吸里分辨出每个人中午的菜谱——鱼香肉丝，麻辣肚片，香菇菜心……

黑　子：就你那蒜头鼻子。

大　仙：鼻子的好坏不在于它的外观，在于它的功能。

马　路：对呀！人们对于眼睛和耳朵都有统一的检验标准，没有达到这个标准，就会被视为某种残疾，影响你的工作、升学，甚至人生态度。关于这个有许多带有歧视色彩的形容词——眼瞎、耳聋、色盲，而对鼻子却完全没有要求。鼻塞，这仅仅被视为一种感冒的症状，几粒康泰克就可以解决问题。一个称职的、优秀的鼻子，从来无人理睬。

大　仙：马路和他养的犀牛一样，眼睛不好，不过鼻子特灵。

黑　子：快赶上狗了。

马　路：比如你，头发里总是带着股逼味儿，你乱搞完了，最好洗洗头。

大　仙：真的？让我闻闻。

**大仙追黑子，有人敲门。**

黑　子：别闹了，开门，开门，小石来了，开始玩牌！

2003 年版《恋爱的犀牛》

**推销员"牙刷"出现。**

牙　刷：各位好，我是汇晨公司的广告员，耽误大家几秒钟的宝贵时间。在 21 世纪即将到来之际，我们高兴地迎来了卫生洁具的划时代的革命。它就是我们公司生产的高科技产品钻石牌钻石型钻石牙刷。诸位有所不知，当你每天刷完牙之后，细菌很快会在口腔内滋生，它会导致蛀牙、牙菌斑、口腔异味和牙石。怎么办？只要您每天早晚使用我们公司生产的钻石牌钻石型钻石牙刷，您就能扼杀细菌存留的机会，口气清新，没有异味，没有蛀牙。早晨刷牙出门体面，晚上刷牙刺激性欲……因为它是第一个经中华口腔医学会检测认证，并能有效地预防龋齿的牙刷品牌，同时又是中华预防医学会唯一验证并推荐的牙刷品牌。大家请不要误会，其实我来这里的真正目的是向大家报喜，喜从何来？这位先生问得好！凡购买我们公司的钻石牌钻石型钻石牙刷者，将得到汇晨公司对首都人民的"赠送给"真诚大回报，何为"赠送给"？这位先生又问了。"赠送给"就是我们将免费赠送给您两支钻石牙刷。来吧，让我们大家一起在卫生化生活的天地里翱翔吧！

大　仙：明白了，给我们吧。

**大仙和黑子从牙刷手中拿过牙刷。**

大　仙：行了，走吧。

牙　刷：是这样的先生，我们赠送您两支，您购买我们一支钻石牙刷，一支是 16 元……

黑　子：不要了，不要了，两个够了。

牙　刷：不是啦，您没有明白我的意思。

大　仙：你送，我们要了，你还想怎么着？

黑　子：再给我两支，他（指坐在桌边没动的马路）还没有呢！

牙　刷：不是啦。

大　仙：等等，我问你，你们是不是要举办一次答谢消费者的"赠送给"活动？

牙　刷：是。

大　仙：我是不是消费者？

牙　刷：是。

大　仙：我要这两支牙刷行不行？

牙　刷：行。

大　仙：那还有什么问题？快走吧，我们还有事呢。

牙　刷：不是的，先生。

大　仙：怎么又不是？

**牙刷看看三个大小伙子。**

　　牙　刷：我不卖了，你们把牙刷还我吧。

**大仙和黑子刚要急，马路说话了。**

　　马　路：一支牙刷要 16？

**牙刷看看马路，觉得这个人好说话。**

　　牙　刷：（对大仙和黑子）你们可能没有明白我的意思。（跑到马路身边）我是汇晨公司的广告员，我们现在正在举办一次答谢消费者的活动，我们免费赠送两支钻石型牙刷，您买一支牙刷，三支一共是 16 元……

　　马　路：等等，你不是说一支 16 吗？

　　牙　刷：还免费赠送两支呢！

　　马　路：我们就是要赠送的，不要要钱的。你是傻啊，还是弱智啊？

　　牙　刷：大哥，我错了。您看我做生意也挺不容易的。您要真想要，您给 16 元，三支您全拿走。

马　路：等等等等，我就问你一支牙刷多少钱？

牙　刷：16。

马　路：三支呢？

牙　刷：16。

马　路：一支呢？

牙　刷：16。

马　路：你把我当傻子了！我就要一支，你说多少钱吧！

牙　刷：16……

马　路：嗯？

牙　刷：另外还送您两支。

大　仙：我们就要那送的！

马　路：我问你呢！听着，我就要一支，懂不懂，你识不识数？"一"，不是"三"，一支，多少钱？小心说话，告诉你我可没耐心了。

牙　刷：（犹豫再三，小声地）16……

马　路：我就不明白了！我就不明白了！

牙　刷：您要想要我白送您还不行。

马　路：不行！你凭什么送我，我认识你是谁呀？你不是非要进来吗？你不是非要卖牙刷吗？我买！我就问你一支多少钱！

牙　刷：我们这是答谢……

马　路：少来这一套，我就问你一支多少钱！

牙刷突然哭了。

牙　刷：大哥，我错了。我家乡还有 80 岁的老母亲。

马　路：你哭什么？是你要进来卖牙刷的！我就问你一支多少钱？

大　仙：算了。

马　路：不行，今天你不说清楚了别想走。

牙　刷：我错了。

马　路：哪儿错了？你哪儿错了？

牙　刷：我把牙刷都给你们，让我走吧。

马　路：想走，没那么容易！

牙　刷：我错了，再也不来了。

马　路：你哪儿错了？你没错！我就问你一支牙刷多少

钱！一支牙刷！

大仙和黑子劝阻着激动的马路。
牙刷哭丧着脸，到桌子前从包里向外掏牙刷。

 大　仙：马路，算了！

 马　路：不行！

 大　仙：牙刷！（对牙刷）说你呢！坐下！

大仙把马路按在椅子上。牙刷也乖乖坐下。

 大　仙：黑子，发牌。

四个人坐成一圈，黑子发牌。

 黑　子：拿着，"牙刷"，你的牌。

 牙　刷：大哥！

 大　仙：拿——着。

 牙　刷：唉。玩什么？

 黑　子：拉耗子。

牙　刷：玩多大的?

黑　子：你有多少钱?

牙　刷：我没钱，只有牙刷。

大　仙：牙刷就牙刷。抓牌!

**牙刷渐渐恢复了常态，十分机灵、油滑，并且越战越勇，最后让马路等人输得精光。**

黑　子：嘿，你可以呀，刚才那傻样是装的?

牙　刷：自我保护，自我保护嘛!

大　仙：不玩了，不玩了，哪儿蹦出这么一位来?

牙　刷：不好意思，不好意思!

## 第三场

犀牛馆。

　　马　路：草料一吨半，食量有些下降。拉屎 5 次，颜色呈
黑黄色，正常。外出散步 4 小时。图拉，你是不是又有点
不高兴？你总是不高兴，跟个诗人似的，你不过是一头黑
犀牛，甚至上不了濒危动物的红皮书。真不知道你那个大
脑袋里在想些什么。跟白犀牛合不来，对河马也没好感。
没有牛啄鸟帮你吃虫子，我不是在每天帮你洗澡吗？而
且，你知道不知道有没有牛啄鸟这码事都说不定，那时候
你还太小，草原是什么样子恐怕你都忘了。我要是告诉了
你那件事，你是不是能高兴点？新犀牛馆快盖好了，园里
拨了钱，他们准备再买一头犀牛呢！也许是一头漂亮的、
性感的非洲母犀牛！而且跟白犀牛塔娜不同，是一头真正
的黑犀！1999 年 5 月 16 日，图拉，草料 2 吨，苹果 1 公
斤，室外活动，7 点钟回栏就寝。5 月 17 日，8 点钟出门
上班，穿淡紫色套装。晚上 6 点回来，看起来很高兴，买
了很多食品。7 点钟，一男人来访（有房间钥匙），一夜未
离开。5 月 18 日，一早传来吵闹声，男人离开，M 追下
楼去，又哭了，一个星期来的第三次……5 月 19 日，草料

2吨，打扫兽舍，图拉有点拉稀。白犀牛尼克尔有发情表现，母犀牛塔娜无动于衷……

# 第四场

夜晚的楼顶平台。马路和明明。

明　明：我是说"爱"！那感觉是从哪儿来的？从心脏、肝脾、血管，哪一处内脏里来的？也许那一天月亮靠近了地球，太阳直射北回归线，季风送来海洋的湿气使你皮肤滑润，蒙古形成的低气压让你心跳加快。或者只是来自你心里的渴望，月经周期带来的骚动，他房间里刚换的灯泡，他刚吃过的橙子留在手指上的清香，他忘了刮的胡子刺痛了你的脸……这一切作用下神经末梢麻酥酥的感觉，就是所说的爱情……

马　路：有的犀牛生活在干燥而开阔的草原地带，有的犀牛则喜欢栖息在浓密的森林中，它们吃的食物也不同，有的喜欢吃草，有的喜欢吃树叶，有的草和树叶都吃。犀牛的名字来源于希腊文，是热带动物。世界上的犀牛有 5 种，黑犀牛、白犀牛、苏门答腊犀，印度犀和爪哇犀已经基本灭绝了。像图拉就是生活在非洲草原的那种。

明　明：图拉是谁？

马　路：一只非洲黑犀牛。

明　明：你养的？

马　路：嗯。犀牛的视力很差，人长什么样子它不大看得清。

明　明：你是动物园的？

马　路：你想去看看图拉吗？

明　明：去动物园？我很久都没有去过了！真奇怪，犀牛我倒是见过，可我还从来没见过一个养犀牛的人呢！人家说对动物有耐心的人，对女人一定有耐心。可是你为什么不干点儿普通的职业呢？比如说开出租啦、当修理工啊什么的。当然不是每个人都能做艺术家，不过，养犀牛未免太奇怪了。

马　路：我是有职称的，园林局核定的专业职称！

明　明：我的意思是说，你很难换工作！如果你不喜欢这家动物园，或者不喜欢这头犀牛了，怎么办？

马　路：初中毕业时我考过飞行员，我本来可以穿着收口的皮夹克，戴着风镜出现在画报上的。样样都合格，除了眼睛。我应该是个飞行员，犀牛原本应该是老鹰，我们原本不该靠嗅觉生活，哪儿有猎物，哪儿有水源，哪儿的水草鲜美……不过大多数的动物都是靠嗅觉生活的，居住在非洲草原的斑马、大象常常靠嗅觉寻找猎物什么的，但它们并不是嗅觉最强的动物，就我们所知，有些动物的嗅觉比人强百万倍。鳄鱼靠嗅觉觅食动物，秃鹰的嘴和鼻子两旁有个很大的开口，它们也是靠嗅觉觅食。有一种斯堪的那维亚的海燕靠嗅觉捕食沙鳗和小鱼，甚至海蜇。蛇也利用嗅觉寻找猎物，它的舌头可以一伸一缩地品尝空气，跟踪猎物。鲨鱼就更别提了。人是闻不到100米以外的气味的，但人能闻到附近有什么好吃的东西。

**明明剥了一块口香糖放进嘴里。**

马　路：（停顿）是柠檬。

明　明：（嚼着口香糖）什么？

马　路：柠檬。

明　明：对，是柠檬味的，你要吗？

**马路摇摇头。**

马　路：我刚到动物园的时候，他们说从没见过戴眼镜的饲养员，后来我就不戴了，因为犀牛很大，不用眼镜也看得见。

明　明：昨天我跟陈飞说："他们都说我对你太好了，你不配！"你猜他怎么说？你想都想不到，他说："这才好呢，我就是不配，我要是配，就显不出你好了。"你见过这么有个性的人吗？他说我是个阴谋家，对他好，是想霸占他，说我是强权制度民间化的体现。还有，弱势群体对强势群体的道德化企图。

马　路：野兔的大部分时间用于追逐尽量多的母兔，但公豺一生只恋爱一次，并且与它的母豺厮守一生。

明　明：什么意思？

马　路：《动物学》课本上说的。

明　明：可是我听人说豺是吃死人的！（作张嘴长吠状，跑开了）

马　路：那是人的偏见，豺……（回头发现明明已经走了）

**马路拾起明明扔在地上的口香糖放进嘴里咀嚼起来。**

马　路：柠檬味的明明。

**马路的歌——《柠檬》**

> 我静静地躺在床上，
>
> 衣柜里面挂着我的白天。
>
> 我静静地躺在床上，

1999 年，《恋爱的犀牛》首演，郭涛、吴越

墙壁上落着我的夜晚。

我静静地躺在床上，

床底下躲着我的童年。

我静静地躺在床上，

座位上留着你的温暖。


杯子里盛着水，像盛着想念。

窗帘里裹着风，像裹着心愿。

每一次脚步声都踏在我的神经上，

让我变成风中的树叶，

一片片在空气的颤动中瑟瑟发抖。


我就一直等着，等着，等着，

用我所有的热情、耐心，一生中所有的时间。

我就一直等着，等着，等着，

我知道你一定会来……

# 第五场

恋爱训练课。

教　授：昨天我们讲了如何识别你爱的人和公众美女之间的差别。今天我们的课程是进行倾诉训练。这在恋爱中是至关重要的。一个人的表达能力从未像今天这样，成为人的基本生活能力中最重要的一种。如果你爱一个人十分，而你只能表达出一分，还不如你爱一个人一分表达出十分。众所周知的音乐家和作家都是声音优美、感情真挚的表达者。为了帮助大家训练，我已经列出了经典的曲目和书目。记住，倾诉的要诀有三。第一，必须选择好倾诉的情绪，如能在几种情绪间穿梭往复达到统一，那是比较高的境界了。第二，必须相信倾诉的真实性，从而使倾诉具有影响他人的能量。第三，必须选择适当的情境。不恰当的情境会使最好的倾诉变得愚蠢。（放音乐）莫扎特的音乐可以算是很好的倾诉诱导体。现在哪位同学愿意试一试？

同学A：我的爱情丢了，丢失在喧闹的街道边，丢失在岁月的沙漏里。在无穷无尽的货架上，来来往往的出租车里，忙忙碌碌寻求成功的工作中，以及一个又一个女人的

2003 年版《恋爱的犀牛》 段奕宏 郝蕾

面孔间。我已经丢失了我的爱情……

同学 B：你，进尼姑庵去吧！

同学 C：我不知道是什么不能让我开口，我没有为我那些不可捉摸的言行做过解释，你也从未追问过我。你的泰然处之让我自惭形秽，唯一的借口是我太年轻。

同学 D：从我们有意识以来，我们就知道，在这一生当中，随时都有可能面临失去心爱的人的痛苦，无论是死亡或者是一段恋情结束。而我所感兴趣的部分，正是人们用什么方式来抗拒这种失落……是什么值得我们活在世界上？什么答案可以让我们暂时忘记这个世界只不过是一团屎！

同学 E：我可能没有别人对你那么好，但是我会比别人对你好得更长久。

马　路：没有父母，没有朋友，没有家，没有事业，没有人需要我。我的人生是零，是空落落的一片。你可以花钱买很多女人同你睡觉，同很多很多萍水相逢的女人上床，但你还是孤单一人，谁也不会紧紧地拥抱你，你的身体还是与他人无关。我觉得我就要这样一年老似一年……直到有一天我看见了你，我觉得你和我一样孤单，我忽然觉得我找到了要做的事——我可以使你幸福。她是一个值得你为她做点什么的人……

## 第六场

明明家。明明在哭，不停地抹眼泪擤鼻涕。
马路不声不响地坐在旁边。

      明　明：我还要对他顺从到哪一天，我真不知道我还有什么事不能为他做！这个可恨的人！我要是不爱他了，该多好。我眼睛里带着爱情就像是脑门上带着奴隶的印记，他走到哪儿我就要跟到哪儿！我简直像个小狗似的跟着他！你能想象吗？只要跟着他我就满足了。真是发疯，怎么样才可以不再爱他呢？嗯？（马路想开口，但明明并不理他）这样下去我会受不了的！可我要是不爱他了，活着还有什么意思呢？如果没有那么多的感动，那么多的痛苦，在狂喜和绝望的两极来来回回，活着还有什么意思呢？是不是？我从来没见过像他这样的男人，我下了多少次决心，可一看见他，完蛋了……（哭）

马路走也不是，劝也不是，站起身，靠垫又掉在地上。明明抹抹眼泪，抬头看着马路。

      明　明：你来干什么？

恋 爱 的 犀 牛

马　路：你好点了吗？

明　明：我有什么不好？又来送花？没有？香水？巧克力？什么也没有，那你来干什么？

马　路：……我走了……

明　明：自尊心受不了了？想走？可你又不愿意走，你正犹豫呢，这说明你还没把自己所处的位置想清楚。

**马路转身欲走。**

明　明：哈，这么容易就放弃了！

马　路：如果这样让你高兴，我没问题。

明　明：我有什么可高兴的，对别人坏并没什么乐趣。对不起，我现在变得越来越尖刻，脾气越来越坏，别生我气。

马　路：我不生气。我只想让你高兴起来！

明　明：高兴？也许明天会高兴，也许明天太阳不再升起我会高兴？也许地球只公转不自转我会高兴？也许不会。

马　路：别折腾自己了！

明　明：我没有。我只是不能没有他！我现在每天向他暗示他是离不开我的，他是爱我的，像巫婆那样。我还偷偷剪了他一绺头发，把头发和他的照片一起烧成灰喝了，不知道灵不灵。

马　路：他有什么好？

明　明：他有什么好？我也想知道。

马　路：离开他。

明　明：不可能。

马　路：再试一试！

明　明：不可能。

马　路：不要再理他了。

明　明：我做不到。

马　路：不要再理他了，除非你是个自虐狂！

明　明：别冲我嚷嚷。

马　路：听我的话，不要再理他了！那对你不好。

明　明：我偏不，我偏不听你的话，我偏要理他。只要他还能让我爱他，只要他不离开我，只要我还能忍受，他爱怎么折磨我就怎么折磨我。他可以欺骗我，可以贬低我，可以侮辱我，可以把我吊在空中，可以让我俯首帖耳，可以让我四肢着地，只要他有本事让我爱他。你傻看我干吗？你的爱情在我面前软弱无力了吧？不值一提了吧？烟消云散了吧？你以为爱是什么？花前月下，甜甜蜜蜜，海誓山盟？没有勇气的人，去找个女人和你做伴吧，但是，不要说"爱"。嘘……

## 第七场

地铁上。众人随着车厢的行驶摇晃着。

牙　刷：交钱！我替你们每人买了 100 块钱的大钟彩票，谁要是得了大奖分我一半啊！

黑　子：分你 1% 算我有良心，估计我还舍不得。

牙　刷：500 万的 1% 才 5 万！

大　仙：你就跑个腿儿，你那两条狗腿哪条值两万五？

牙　刷：马路，交钱！

马　路：我没让你买。

牙　刷：集体行动！

马　路：我不要，这违反我的做人原则。

牙　刷：你还有做人原则？

马　路：当然了，谁像你，怎么合适怎么来！

牙　刷：这就是我的原则。

恋 爱 的 犀 牛

马　路：反正我不要。我天生没这福气，也不想给那个幸运的小浑蛋兜里添钱。

牙　刷：你怎么知道你就不是那个幸运的小浑蛋？

马　路：就我？我这个人？我这个长相？你们也自己照照自己，那鼻子眼睛自己看着顺眼吗？

黑　子：马路说得对，把钱还我。

牙　刷：不行！

大　仙：你一个人没这个运气，咱们四个人还没有？咱们说好了，无论谁得了，都得拿出点分给大家，听见没有？马路，交钱！

马路不情愿地把100块钱交给牙刷。

大　仙：拿着你的彩票！你这口香糖是不是在嘴里嚼了好几个星期了，我怎么没见你吃过新的呀？至于穷成这样吗？我要是得了那笔钱，大家想干什么就干什么！说吧，你们想干什么吧。

黑　子：吃。

大　仙：还有呢？

黑　子：歇歇再吃。

牙　刷：我要把小苹炒了另找一个！

大　仙：到时候姑娘就跟苍蝇盯臭肉似的跟着你。

黑　子：小苹怀孕了？

牙　刷：胡说。

黑　子：那天在饭馆我看见她吐了。

牙　刷：那肯定是吃饭时候你坐她对面了。看见你我都想吐。

黑　子：我怎么了？

牙　刷：怀孕是不可能的，我这20多年就没学会体内射精。

马　路：为什么？

牙　刷：开始是怕出麻烦，后来就成习惯了，改都改不过来，在里面总是憋得慌，非要在外面才痛快。

大　仙：人类早晚断送在你们手里。老天爷设计的这套体操是让你们取乐用的？给你们点甜头是为了让你们延续子孙，甜头越大子孙就越多，现在人人都只想取乐不想奉献。

马　路：（看着手里的彩票）给图拉买一头非洲母犀，然后就离开这儿。

大　仙：上哪儿？你上哪儿？

马　路：不知道。

大　仙：我看你也没地儿可去。

黑　子：这是什么？《求爱的一百种技巧——恋爱训练教材》。

牙　刷：给我看看。"在广播电台给她点歌。""在情人节、生日或平常的日子里送花给她。"这也太俗了吧。马路，你看这个干什么？你要是想知道，直接请教我不就得了。

大　仙：我看看。这前面打钩是什么意思？

马　路：给我。

大　仙：已经有十几项都打了钩。"给她写情诗或抄一首情诗给她。"你不会是照着这个做吧？！

牙　刷：给谁呀？谁呀？

大　仙：你写的诗呢，给我们念念！

牙　刷：肯定是这种——啊，你是我黑白相间的大熊猫！……

**牙刷双手抱着自己的后背，模仿情人拥抱，众人乐不可支。**

众　人：

我是强壮的黑犀牛，

我的皮有一寸厚，

最喜欢的地方是烂泥塘，

我那玩意儿有一尺长。


我是性感的母犀牛，

我的角用来做春药，

远近闻名的大波妹，

我们的爱情是天仙配。

新鲜的烂泥为你准备，

鲜花铺地陪你睡！


黑　子：就为了一个有复印机味的女人？

马　路：你这个漂亮的母动物，干得正欢呢是不是？叫得震天动地是不是？叫啊，使劲叫啊！你这个贱货，有干草堆你不去，非要去烂泥塘是不是？你喜欢烂泥我就给你烂泥！你喜欢下贱，咱们就下贱好了，张嘴！

## 第八场

犀牛馆。

> 马　路：图拉，有个坏消息告诉你。他们不准备用那笔钱买一头母的黑犀牛了，他们想买一头公的白犀牛，让他对塔娜发生兴趣。他们可能觉得你已经太老了，不太可能为动物园添一头小黑犀了。想想真可怜，你甚至没有参加过交配决斗，只有经过那样的决斗，公犀牛才能成为真正的犀牛，才会有女人爱你。而你从来没有这样的机会。

马路挥舞着铁锹，幻想着交配决斗。
马路跌倒在泥水中。

## 第九场

满身泥水、头上带伤的马路站在明明面前。

明　明：你怎么了？

马　路：我去找他了。

明　明：谁？

马　路：你喜欢的那个人。

明　明：你干了什么？

马　路：让他好好待你，或者离开你。

明　明：他怎么说？

马　路：我要让他知道该怎么做！

明　明：我告诉你他会怎么做，为了让你和我都明白他是不可改变的，他会对我很坏，而且不离开我。

马　路：我再去找他。

明　明：你还想挨打？

马　路：他会对每天打人感到腻烦的。

明　明：你去吧，不过以后别再让我看见你了。（马路站在门口）好了，坐下，擦擦脸，你在流血呢。（帮马路擦头发）

马　路：一切白的东西和你相比都成了黑墨水而自惭形秽，一切无知的鸟兽因为不能说出你的名字而绝望万分……

明　明：这是什么？

马　路：我写给你的。

明　明：是诗吗？你写诗？（笑）

马　路：可能只适合刻在犀牛皮上，不过是我写的诗。

明　明：很可爱，还有吗？

马　路：一切白的东西和你相比都成了黑墨水而自惭形秽，一切无知的鸟兽因为不能说出你的名字而绝望万分……还没写完。

# 第十场

恋爱训练课。

教　授：在新世纪到来之际，为了最大可能地使人类获得快乐和舒适、安逸和幸福，避免过度折磨自己，不恰当地衡量自己，我们应该大力提倡爱情的标准化、专业化和规范化，严格杜绝情感的滥用带来的种种弊端和无端的浪费。

**教授打出幻灯：抛弃一个爱人的方法如下……**

教　授：下面我们就学习本训练课的升级内容——抛弃一个爱人的方法。抛弃一个爱人的方法如下：第一，指责与他有同样缺点的人；第二，在他说话说一半时打断他，并开始另一个话题；第三，在他疲劳时要求和他寻欢作乐；第四，无任何可笑之事时大笑；第五，谈论他不熟悉的话题；第六，拒绝让他接近身体处在肚脐和大腿之间的部分；第七，向他要求他做不到的事；第八，反复提起他的缺点和恶习，并断定这些是不可救药的；第九，嘲笑讽刺；第十，把他赶出去。

……

# 第十一场

世纪大钟制造现场。
众人讨论、填写 20 世纪百大新闻评选的选票。
女孩红红和莉莉很热心。

1969 年，美国宇航员阿姆斯特朗登陆月球。

1903 年，莱特兄弟首次飞行。

1920 年，女性获得投票权。

1945 年，纳粹集中营被公之于世。

1914 年，第一次世界大战在欧洲爆发。

1929 年，世界性经济危机。

1928 年，医学界发现青霉素。

1953 年，发现 DNA 结构。

1991 年，苏联解体。

1939 年，德国入侵波兰引发第二次世界大战。

1917 年，俄国十月革命。

1957 年，苏联发射世界上第一颗人造卫星。

1945 年，美国在日本广岛投下世界上第一颗原子弹。

1905 年，爱因斯坦提出相对论。

1960 年，美国核准避孕药上市。

1997 年，英国科学家成功克隆羊。

1968 年，法国爆发五月风暴。

1997 年，美国科学家利用探险者号机器人登陆火星。

1999 年，科索沃危机。

......

# 第十二场

马路家。深夜。

明　明：快起来，醒醒！懒虫，有好东西给你吃！

马　路：明明，出什么事了？蛋糕？

明　明：给你的。

马　路：半夜吃蛋糕？为什么？

明　明：不为什么，你吃不吃？

马　路：你要我吃我就吃。

明　明：这才乖。好吃吗？下班我特意去订的，鲜奶油加水果。

马　路：（点头）是谁过生日？你不是10月吗？

明　明：是你啊！

马　路：我是冬天生的。

明　明：（温柔地）傻瓜，连自己的生日都忘了。

　　　　　　恋 爱 的 犀 牛

马　路：好，你说我哪天生日我就哪天生日。

明　明：嗯。还有这个！

马　路：什么？

明　明：礼物！

马　路：给我的？

明　明：嗯，打开看看。

马路打开彩纸的包装，是一只皮夹。

明　明：（小心讨好地）你喜欢吗？

马　路：喜欢。

明　明：真的喜欢？

马　路：真的。

明　明：那你为什么不亲我一下？

马路不能相信地看着明明，不敢妄动。

马　路：我是在做梦，那还犹豫什么，亲她。

马路吻明明，明明靠进他怀里。

明　明：我跑了好多家商店，我想一定要买一件你每天都需要、常常会看到的东西，这样你每次看到它、拿出它，都会想起我了。

马　路：明明。

明　明：我等了你很久，从傍晚就在窗口张望，每一次脚步声都像踏在我的神经上，让我变成风中的树叶，一片一片地在空气的颤动中瑟瑟发抖。我想你会来和我吃晚饭；就是不来吃晚饭，晚饭过后也会来；就是晚饭过后不来，你在酒吧里和朋友喝过酒，聊过天，和陌生女孩调过情也会来看我。我就一直等着，等着，等着，我知道你一定会来……

马　路：我知道我是在做梦，不过那也无所谓，真的假的，梦着醒着，只要你在这儿，一切我都无所谓。

明　明：答应我，你不会离开我，也不许我离开你。

马　路：我不会离开你，也不会让你离开我。

明　明：已经没有人再相信誓言了，誓言和送花、吃饭没有什么差别，只是表达感情的方式而已。

马　路：我跟他们不同，我会让你知道我和他们不同，你等着瞧吧。

恋 爱 的 犀 牛

**明明的歌——《只有我》。**

对我笑吧，就像你我初次见面。

对我说吧，即使誓言明天就变。

享用我吧，人生如此飘忽无定。

想起我吧，在你感到变老的那一年。

过去的岁月都会过去，

最后只有我还在你身边。

过去的岁月总会过去，

最后只有我还在你身边。

**明明和马路做爱——《做爱》。**

所有的光芒都向我涌来，

所有的氧气都被我吸光，

所有的物体都失去重量，

我已走到所有路的尽头。

2012 年版《恋爱的犀牛》　刘畅　毛雪雯

所有的风景都变得模糊，

所有的手臂都变成翅膀，

所有的记忆都重新更换，

我已走到所有路的尽头。


我的影子在奔跑，我却无法移动，

你在一切的尽头向我微笑。

我的影子在奔跑，我却无法移动，

你在一切的尽头向我微笑……


最好的办法就是沉默，

最好的办法就是呻吟，

最好的办法就是喊叫，

最好的办法就是叹息。

# 第十三场

大仙给黑子和牙刷讲故事。

大　仙：从前有一个年轻人，他每晚都噩梦缠身，痛苦万分。

黑　子：什么时候，什么时候的事？

牙　刷：你管！故事都是这样。

大　仙：睡眠对他来说成了最可怕的事，他不敢睡觉，生怕梦中的大头鬼来抓他。他到处求医，遇到了一位先知，便向他诉说自己的痛苦。先知告诉他，梦是另一个现实，只要他在最紧要的关头大喊一声："我在做梦！"噩梦就会结束。年轻人记住先知的话回到家里。夜晚慢慢降临，年轻人睡着了。突然，梦中的大头鬼又手执大刀向他冲来，年轻人吓得东躲西藏，忽然记起先知的话，抓住大头鬼马上就要落在他头上的大刀，大喊一声："我在做梦！"从梦中惊醒。令他惊讶的是，他身边放着一把镶满宝石的大刀，就是梦中大头鬼的那把。从那以后年轻人开始喜欢做噩梦，他经常大喊咒语，手抓着宝物醒了。他卖掉宝物，生活渐渐好了起来。一天夜里，他梦见大头鬼又来找他，求他不要再拿梦里的东西了，梦宫的东西都快让他拿光了。大头鬼保证如果他愿意，以后让他尽享美梦。年轻人答应了。从此以后，年轻人夜夜美梦，让他不愿醒来，而他每天所干的，就是想方设法睡觉做美梦。有一天，在梦中的花园里，他见到一个绝色美女，不由心生爱慕，他又想起先知的咒语，一把抓住美女大叫一声："我是在做梦。"醒了过来，美女就坐在他身边，含情脉脉地看着他。从此，年轻人再也不做梦了，既不做噩梦，也不做美梦，梦的王国把他开除了。

## 第十四场

马　路：都结束了，所有的痛苦在那一刹那都结束了。一个女人会让你觉得整个世界都充满了阳光，你可以跑，可以跳，可以无数次地射精！我甚至可以飞了！

明　明：一大早在这儿吵什么？

马　路：明明，吵醒你了？小懒虫起来吧，我给你买了早饭。

明　明：真是疯了！

明明回身欲走。马路拦腰把她抱住，旋转地把她举起。

马　路：瞌睡虫，树袋熊，小狐狸……

明　明：你干什么？放开我！

马路哪里肯听，明明拼命挣扎，突然扬手给了马路一个嘴巴。马路大吃一惊，放下明明。

明　明：你疯了吗？

马　路：怎么回事？为什么不高兴？

明　明：别来烦我，我要睡觉。

马　路：（拦住明明）明明，到底出什么事了？

明　明：你还问我？以后请你克制一点儿，要不然大家都难堪。

马　路：你说什么？

明　明：你还要我怎么说？我们是邻居，你平时关照我，我很感激，但是仅此而已。你不要再做那些让我们大家都难堪的事。

马　路：明明……

明　明：我这个人不知好歹，别人对我的好意我从来无动于衷。大早晨说这些真是可笑，我要睡了。

马　路：昨天晚上的人难道不是你吗？昨天晚上难道是狐狸精化了你的身？怎么可能？就是这双眼睛，这个额头，这两片甜蜜的嘴唇，在我耳旁说了多少甜言蜜语，被我吻了多少次……

明　明：你在胡说什么？别把我拉进你的春梦里！

马　路：我是在做梦？不可能，你身体的温暖还留在我的手指间，我的鼻翼里还充满着你的气味……

明　明：我没什么可说的了。（欲走）

马　路：你不承认？你想让我相信那一切都没发生过，那一切不过是我在做梦？！

明　明：你想让我怎么样？让我和你一起做梦？

马　路：做梦？那这是什么？（举着缺了角的蛋糕）那这是什么？！

明　明：你过生日？

马　路：你要把我逼疯吗？！你想看着我疯掉吗？好，钱包呢？钱包呢？钱包哪儿去了？

明明欲走，马路拉住她。

明　明：放开我，你要干什么？！

马　路：我要干什么？我对你说了我和他们不一样，我是一个守信用的人，我不会离开你，我也不会让你离开我！

明　明：救命！

大仙、牙刷和黑子冲上台，拉开马路和明明。

大　仙：马路，你怎么了，镇静点！

马路大喊着，被众人拖下去。

## 第十五场

大　仙：你疯了？你要强奸她也得等夜里吧。真丢人，没让派山所把你抓起来算你运气。

牙　刷：别说他了，他现在正在发情期，就跟图拉在非洲草原上一样，根本不知道自己在干什么。

黑　子：就是那个复印机味的女人。

大　仙：过分夸大一个女人和另一个女人之间的差别是一切不如意的根源，在有着无数选择可能的信息时代，"死心眼"这个词基本上可以称作是一种精神疾病。忘掉她吧。

三人下。

马　路：忘掉她，忘掉她就可以不必再忍受，忘掉她就可以不必再痛苦。忘掉她，忘掉你没有的东西，忘掉别人有的东西，忘掉你失去和以后不能得到的东西，忘掉仇恨，忘掉屈辱，忘掉爱情。像犀牛忘掉草原，像水鸟忘掉湖泊，像地狱里的人忘掉天堂，像截肢的人忘掉自己曾健步

2009 年版《恋爱的犀牛》　张念骅　齐溪

如飞，像落叶忘掉风，像图拉忘掉母犀牛。忘掉是一般人能做的唯一的事，但是我决定不忘掉她。

# 第十六场

明　明：他有着小动物一样的眼神，他的温柔也是小野兽一般的，温柔违反了他的意志，从他眼睛里泄露出来。他自己仿佛也意识到了，为此羞愧似的故意表现得粗鲁无理，就像小野兽朝天空龇出它还很稚嫩的利齿，做出不可侵犯的样子。

马路开始唱歌——《玻璃女人》。

你永远不知道，

你是我渴望已久的晴天，

你是我猝不及防的暴雨。

你永远不知道，

你是我难以忍受的饥饿，

你是我赖以呼吸的空气。

你永远不知道，我的爱人，

你也许永远不会知道……

你是不同的、唯一的、柔软的、干净的、天空一样的，

你是我温暖的手套，冰冷的啤酒，

带着阳光味道的衬衫，日复一日的梦想。

你是纯洁的、天真的、玻璃一样的，

什么也污染不了，什么也改变不了，

阳光穿过你，却改变了自己的方向。

我的爱人，我的爱人，我的爱人……


你永远不知道，

你是我渴望已久的晴天，

你是我猝不及防的暴雨。

你永远不知道，

你是我赖以呼吸的空气，

你是我难以忍受的饥饿。

你永远不知道，我的爱人，

明　明：我该怎么说？——我非常爱你，"非常""爱"，这些词说起来是那么空洞无物，没有说服力。我今天一醒来就拼命地想，想找出一些任何人都无法怀疑的、爱你的确实的证据。没有。没有……我想起有那么一天傍晚，在三楼的顶头，你睡着了，孩子一般，呼吸很轻，很安静，我看着你，肆无忌惮地看着你，靠近你，你呼出的每一口气息，我都贪婪地吸进肺叶……那是夏天，外面很安静，一切都很遥远，我就那么静静地沉醉于你的呼吸之间，心里想着这就是"同呼吸"吧。人是可以以二氧化碳为生的，只要有爱情。

## 第十七场

马路家。夜晚。

  马 路：一只山羊，两只山羊，三只山羊，四只山羊……我就一直等着，一直试图睡着，像那个做噩梦的年轻人。谁又能知道我们每日的生活不是我们在另一个世界的另一张床上做的梦呢？只要你再来到我面前，只要我的手臂再次搂住你，我愿意一直睡着，睡着……七只山羊，八只山羊，九只山羊……

明明又一次出现在马路床前。

  马 路：你来了，看来真的是梦了，这也很好。

马路突然抓住明明，大喊起来："我在做梦！我在做梦！"

  马 路：你在这儿吗？不要离开，不要！

# 第十八场

大　仙：真是夸张，搞得跟情圣似的，好像世界上就他一个人会发情，别人都是雌雄同体。

黑　子：他每天晚上都去上电脑课。

牙　刷：还有英语课。

黑　子：星期天去学车。

牙　刷：天天提着个公文包去上班。

黑　子：他还向动物园主任提交了一份用计算机管理犀牛的计划书。

大　仙：后附英语。

牙　刷：他给犀牛洗澡的时候没准儿还穿着西装呢！

大　仙：他还写诗。

黑　子：弹琴。

牙　刷：嚼口香糖。

大　仙：唱小夜曲。

黑　子：老换袜子。

牙　刷：不吃大蒜。

黑　子：天天洗澡。

众　人：完全疯了。

牙　刷：咱们得帮帮他，要不他就完了。

黑　子：我劝过他了，他说他从没像现在这样像活着。还让我别着急，说我总会碰上一个注定会要了我命的女人。听他那么说，我还真有点着急了——生怕这辈子没人来要我的命。

大　仙：那是咱们的福气。别听马路的蛊惑，爱情跟喜剧、体育、流行音乐没什么不同，是为了让人活得轻松愉快的。

**红红和莉莉，以及她们的经纪人上。**

红红和莉莉：我们不同意。

大　仙：你们是谁?

红　红：如果从头到尾都轻松愉快，爱情故事还有什么好讲? 电视剧还有什么好看? 我们每天晚上还有什么好干?

莉　莉：总之，你爱他，他不爱你，他爱你，你不爱他，两个人相爱注定要分手。

大　仙：你们是电视台的？

红红和莉莉：我们是红红和莉莉。

经纪人：And 她们的经纪人。

牙　刷：（忽然）早晨刷牙出门体面。

经纪人：晚上刷牙刺激性欲。

牙　刷：是我找来的。欢迎欢迎！

大　仙：干什么？

牙　刷：给马路治病的。

黑　子：两个女孩太过分了吧，他病没那么重。

牙　刷：挑一个适合马路的。

黑　子：另一个呢？

牙　刷：那就随她愿意了。（拍手）注意了，注意了，两位候选人准备好，现在演出开始。电视剧的情节是这样的，一个叫马路的青年爱上了他美丽的女邻居，一个年轻的女秘书。

红　红：她叫什么？

牙　刷：马路。

莉　莉：我们是问那个女秘书。

牙　刷：管她叫什么呢。

黑　子：明明，她叫明明。

牙　刷：（瞪了黑子一眼）马路爱上了明明，但明明不爱他。

红　红：她爱另一个人，但那个人也不爱她。

黑　子：你怎么知道的？

莉　莉：都是这样的。

牙　刷：马路很痛苦，几乎发了疯。现在的问题是，关于马路的情节该如何发展？

**红红和莉莉同时按铃抢答。**

红　红：他遇到了一个善良的女孩子，处处关心他……

莉　莉：……帮助他，让他已经冰凉的心重新温暖起来……

红　红：一个下雨天，女孩去给马路送饭，滑倒在路边摔伤了腿……

莉　莉：一个下雪天，马路为了抢救一个年幼的儿童被卡车撞倒……

恋 爱 的 犀 牛

红　红：女孩拖着受伤的腿来到马路面前，马路望着满身泥水的女孩感动得抓住了她的手……

莉　莉：马路在医院昏迷不醒，嘴里喊着明明的名字，等他睁开眼睛，发现守在他身边的是另一个女孩……

红　红：于是另一段感情开始了。就在这时却发生了意想不到的事……

莉　莉：女孩已经三天三夜没有合眼，马路的心被另一种爱充满了。但是好事多磨……

大　仙：都是高手。

黑　子：你能不能让她们一个一个说。

牙　刷：水平怎么样？不相上下吧。

大　仙：这还真难办了。

黑　子：我觉得马路救小孩被车撞倒不太好表现。

莉　莉：有什么不好表现的？一个汽车鸣笛开来的升格镜头，接小孩惊恐的脸，然后接马路推开小孩的中景，伴随尖利的刹车声，给卡车司机一个反打，这时马路已经躺在街中间了。

大　仙：就是不知道马路肯不肯合作被车撞。

牙　刷：我看还是让女孩摔伤了腿吧，也不用真摔伤，涂点红药水就行。你们说呢?

黑　子：就那个红红吧，挺适合马路。我跟那个莉莉合适。

牙　刷：好，现在评委打分。一号选手 99.75 分，二号选手 0 分，一号选手入选。

**莉莉哭着跑下。**

红　红：今天我能得到这个奖，首先我要多谢我的爸爸妈妈，老师，还有我的经纪人，特别要感谢导演给了我这次机会……

牙　刷：以后再谢吧。

黑　子：莉莉!

红　红：男青年跟着莉莉跑下台，握着莉莉的手说："不要哭，我知道你是最好的。"莉莉一下子扑倒在男青年怀里。

黑　子：真的?

**红红点点头，黑子追下。**

红　红：男青年抚着莉莉的头发轻轻地说："别哭了……"

牙　刷：打住吧。

红　红：（不理他，继续）"以后的风风雨雨都有我，只要我们在一起……"

牙　刷：定格。本集结束。演职员表。赞助单位……

**红红这才停住，下场。**

牙　刷：齐了，我就不信他的生活比电视剧还精彩。

# 第十九场

马　路：我对自己说，如果我不能强迫自己以一张平静、温和的脸面对你，我就不来见你。现在，我能做到了。以前，我也不相信一个人的愿望可以大到改变天空的颜色、物体的形状，使梦想具有如此真实可触的外壳，但是现在我知道那是因为愿望还不够强烈。明明，你不再生我的气了吧，可能我天生就是个疯子。

明　明：外面下雨了吗？

马　路：好像还没有。

明　明：还没有？

马　路：不过街上的人都带着雨伞。

明　明：他们并不看天，他们只听降水概率。好闷啊，雷打了这么久还不下雨！在这种天气我总是欲念丛生，无法安宁。生活又回去了，当我每天的体力消耗仅仅是从屋子的这头走到那头，我开始睡不好觉，从头到脚充满了欲望，我开始不是因感情去渴望男人，而是因为欲望，让人坐立不安、无法安眠的情欲，这真是可怕。我已经不能忍受独自度过一个又一个平静的夜晚，我的身体骚动着，那块草地湿漉漉的，从 31 号到今天，只有 7 天，这太可怕了。

马　路：你病了？你有几天没去上班了？

明　明：没关系，我看得出，我的主管对我有某种偏爱。跟我说点什么，你的图拉怎么样？

马　路：不太好，不爱动，吃得也比以前少，有生人走近很容易受惊。可能是它老了，不过它只有 20 岁，也就是头中年的犀牛。

明　明：也许是得了相思病。

马　路：也许是我传染的。

明明笑。

明　明：这个，还是给你吧。（把那天夜里送给马路的皮夹交到他手里，马路无法置信地看着，放在鼻子前闻着）那天是陈飞的生日，我等他到深夜他都没来，于是我把蛋糕、礼物和我的热情都给了你。

马　路：你是说我那天不是在做梦？

明　明：陈飞在他生日的第二天就走了，一个遥远的国家。我已经在床上想了一个星期，决定忘掉他。

马　路：你是说那天夜里我不是做梦？

明　明：就当你是做梦好了，那本来也不是属于你的。

马　路：那么昨天呢？昨天晚上呢？

明　明：昨天晚上怎么了？

马　路：你来了，还是没来？

明　明：你在说什么？

马　路：天啊，我简直让你搞糊涂了！你怎么能这么干?！

明　明：你是指夜里的事？

马　路：对。

明　明：你不喜欢？

马　路：不！我真不知道是你疯了，还是我疯了。

明　明：不重要了，都结束了。

马　路：结束的是那个人，我们才刚开始。

明　明：没有什么"我们"，以后只有"我"。

马　路：我不会离开你，也不会让你离开我。

明　明：别跟我比着说甜言蜜语。

马　路：等着瞧吧，等着瞧吧。

# 第二十场

马路家。

马路打扮得干净整齐。黑子和大仙在旁。

马　路：一切白的东西和你相比都成了黑墨水而自惭形秽，一切无知的鸟兽因为不能说出你的名字而绝望万分……

黑　子：他怎么老这两句？

大　仙：他刚写了这两句，后面还没想出来呢，所以只能这么来来回回地唠叨。

黑　子：真没劲儿，听得我耳朵直痒痒。（掏出一根火柴，开始掏耳朵）别碰我啊！离我远点。

大　仙：我不会碰你的。

黑　子：那也离我远点，我害怕。

马　路：（半天终于有了下一句）一切路口的警察亮起绿灯让你顺利通行……

大　仙：（用胳膊碰黑子）嘿，这句还行。

黑　子：（大叫）哎呀，我说了别碰我！

大　仙：我忘了。

黑　子：忘了？我会聋的！别再碰我了！

大　仙：不会了。

**黑子不放心，躲得远远的。牙刷风风火火地跑了进来。**

牙　刷：又疯了一个，又疯了一个。大仙，知道出什么事了吗？黑子！（狠狠拍了一下背冲众人掏耳朵的黑子。黑子惨叫一声。牙刷也不理。）马路！知道了吗？知道了吗？

大　仙：谁疯了？你？

牙　刷：红红。

黑　子：（捂着耳朵过来，以后的戏一直用手掏耳朵，大声）谁？

牙　刷：小点声！

黑　子：你说什么？

牙　刷：小声点！红红一大早就跑来找我倾诉——她爱上马路了！整个上午我推销眉毛刀，我走到哪儿她跟到哪儿，眉毛都快让我剃光了还不走。……（学红红）再讲讲，再跟我讲讲！马路的眉毛怎么挺拔，马路的牙齿怎么有个性，马路的腿毛怎么性感……我看马路病没好，她也快疯了。

大　仙：这么说马路不但得了病，得的还是传染病。（笑）

黑　子：有什么好笑的？再听他这么说下去我也要疯了。我走了。

**红红在门外喊："马路，我是红红。"**

牙　刷：完了，那个疯子来了，我先走了。

大　仙：我也走了。

**众人下。**
**红红上，眉毛被牙刷的眉毛刀剃得很奇怪。**

红　红：情歌，多忧伤多动人……

马　路：你怎么又来了？

红　红：咱们的故事还没有结局呢。

马　路：我不是说了，我对你那个故事不感兴趣！什么送饭在雨地上滑倒啊，什么摔伤了腿呀……

红　红：你不喜欢可以换一种嘛！不管怎么说这总比你救

小孩被卡车撞了强吧？

马　路：我为什么要被卡车撞了？

红　红：这也是一种可能性啊，生活里什么都可能发生。

马　路：你说的是电视剧里什么都可能发生。

红　红：也说不定你明天早晨醒来发现我才是你的最爱。

马　路：开玩笑。凭什么？

红　红：凭什么？就凭我柳叶眉杏核眼樱桃小口一点点。不行，移情别恋观众会不喜欢你。还是让你更惨一点儿，发现你热恋的女秘书毫无廉耻，嫌贫爱富，图慕虚荣，又跟她的老板鬼混在一起，于是你痛定思痛，觉得还是红红冰清玉洁……

马　路：胡说八道！

红　红：怎么是胡说？

马　路：别用你那一套庸俗电视剧来折磨我了！更别用这一套鬼话来诋毁明明。

红　红：怎么是诋毁她？我刚才上来的时候，亲眼看到她从一个男人的"大奔"上下来，手里抱着大堆的礼物，那个男人比她哥大点，比她爸小点，她自己跟我说的是她老板。

马　路：她跟你说的？

红　红：我关心情节发展，自然就多问了她几句。

马　路：生活真的会模仿电视剧？

红　红：生活从来就是模仿电视剧。不信你可以自己去问她，她一点儿也不害臊，一副无所谓的样子。

马　路：要是以前我也许会气得发疯，但是现在，这是真的，还是你的电视剧，对我都一样，都丝毫不能改变我的想法。"我不会离开你，也不会让你离开我。"等我知道我能让你幸福，你就永远属于我了。（下场）

红　红：红红我今天算是栽了，想我红红在演艺圈的腥风血雨中摸爬滚打数十年，从未有一人抵得过我一骚、二媚、三纯洁，想不到今天竟跌在一个养黑犀牛的人手里。罢罢罢，我走！

# 第二十一场

众人站成一排，摄影师在摆弄相机准备照相。牙刷、大仙、马路等人皆盛装，穿着黑色结婚礼服的黑子站在中问，新娘的位置空着。

牙　刷：我同意——结婚是根治黑子脸上青春痘的唯一办法，从这一点出发，结婚还是有一定好处的。

马　路：有人的人生任务完成得就是比别人快。

牙　刷：我觉得完成得好比完成得快重要，黑子纯属心急硬吃热包子……（众人看他，牙刷自觉失言）挺好！

黑　子：莉莉说，我们现在快速结婚，我们就是跨世纪婚姻，我们的孩子就在新世纪出生。

大　仙：归家的兔子，靠岸的船，中国又少了一对老大难。

马　路：挺好。

教　授：社会又减少了一个不安定因素。

大　仙：挺好。

主持人：这就叫弄假成真，体验派就这点不好。

恋爱的犀牛

众　人：挺好!

黑　子：莉莉怎么还不出来?

主持人：对于大多数女人来说，婚礼是铁定能做主角的唯一机会，自然要让你们多等一会儿。

黑　子：一会儿大钟彩票就要揭晓了!

牙　刷：你还想人财两得?

黑　子：什么叫双喜临门啊?

牙　刷：什么叫情场得意，赌场失意啊!

**红红伴娘打扮，跑上。**

红　红：来了，来了，新娘来了。

**众人两侧分开站好，莉莉着前卫婚纱上。**

众　人：真漂亮!

莉　莉：我的耳环找不到了! 谁看见我的耳环了?

摄影师：来吧，来吧，人到齐了没有，照相吧。

莉　莉：我的耳环少了一个，是钻石的!

黑　子：先照相吧。

莉　莉：我不是说了吗？我的耳环不见了，没有耳环我怎么照相？！

教　授：这就是我说的——新婚夫妻的第一次争吵。看着，两人的胜负将决定他们以后在家庭中的地位。

红红总是往马路旁边站，马路躲开她。

黑　子：我错了，一会儿我就陪你去买新的。

黑子和莉莉回到队伍中。

摄影师：好了，好了，注意了，看这里！乐一点儿！

众人站好，注视摄影师，做出夸张的笑脸。
音乐起。众人合唱：

这是一个物质过剩的时代，

这是一个信息过剩的时代，

这是一个欲望过剩的时代，

这是一个脚踏实地聪明理智的时代。

我们有太多的事情要做，

我们有太多的东西要学，

我们有太多的声音要听，

我们有太多的要求要满足。


爱情是蜡烛，温暖光亮，

风儿一吹就熄灭。

爱情是飞鸟，装点风景，

天气一变就飞走。

爱情是钟表，嘀嗒作响，

电池一完就停止。

爱情是糖果，甜甜蜜蜜，

含在嘴里就融化。

爱情是鲜花，新鲜动人，

过了5月就枯萎。

爱情是彩虹，多么璀璨绚丽，

那是瞬间的骗局，太阳一晒就蒸发。

爱情是多么美好，但是不堪一击。

爱情是多么美好，但是不堪一击。

**镁光灯一闪。众人迅速收起笑脸，快速跑到舞台另一侧。**

主持人：为了迎接新世纪的到来，我们建造的世界上独一无二的大钟已经胜利完工，它巍然屹立，坚不可摧，体现人类的智慧和力量。为大钟发行的彩票奖金已经累计达500万元。奇迹今天就要发生，奇迹此刻就要发生，现在有几亿双眼睛在注视着我们，注视着这里，看着这奇迹怎样一分一秒地靠近，我们的世纪大奖将会降临到谁的头上呢？谁将是新世纪的幸运儿？

市民甲：如果我得到了这笔钱，我会在家乡盖一所世纪希望小学。

市民乙：如果我得到这笔钱，我全部用于在新世纪和外星生物建立联系。

市民丙：为大气污染贡献我的微薄之力。

市民丁：全部用于还债。

恋 爱 的 犀 牛

莉　莉：买钻石耳环！

大　仙：出国。

牙　刷：买房。

黑　子：全部买伟哥。

鼓声大作。

主持人：奇迹，我们来迎接奇迹吧。

屏幕上号码闪动，终于停在一个号码上。马路从人群中跳出，慢慢
走到高处。
众人都仰首呆望。

马　路：要相信奇迹。（举起手里的彩票）

众人欢呼。马路的朋友们狂喜地尖声叫着。

黑　子：是马路，是马路！

莉　莉：我们都有好日子过了！

大　仙：我是经过概率计算的！

红　红：我爱你！

牙　刷：什么叫情场失意，赌场得意呀！

主持人：幸运儿，你叫什么？

马　路：马路。

主持人：恭喜你。

马　路：谢谢。

主持人：经过公证处的确认，马路的彩票有效，身份无误。500万元现金当场奉送！

**马路在众人欢呼声中接过箱子。**

主持人：我可不可以请问您，您准备用这笔钱做什么？

马　路：钱本身对我来说没什么用处……

黑　子：给我！

马　路：其中的1/10，我答应过要分给我最好的朋友……

**黑子、牙刷、大仙欢呼。**

马　路：……犀牛图拉，给它买一头非洲母犀牛做伴。

主持人：这倒是个不俗的主意。其他的呢？

马路没有回答，突然提起装钱的箱子狂奔起来。

众　人：他上哪儿？他要上哪儿？

主持人：跟着他，摄影机跟上来。

大仙等：马路！等等！

红　红：我的鞋，我的鞋掉了！

莉　莉：谁踩了我的裙子！

众　人：他要到哪儿去？

市民甲：把钱藏起来！

市民乙：躲避要债的？

市民丙：躲开借钱的！

主持人：（边跑边说）他已经跑过了 5 条大街，把众人甩在后面，从他的体力和跑步姿势来推断，有专家怀疑他是一位前马拉松运动员。关于马路的背景资料我们正在努力收集。马路现在拐进了一条小巷，来到一座楼前，他上楼了……

马　路：明明，开门，是我，我是马路！明明！

主持人：（激动地）他在敲门，他在叫一个人的名字！

**众人纷纷追来，气喘吁吁。**

    马　路：明明，听得见我吗？我是马路。开门啊！我对自己说如果我能让你幸福，我就决不会离开你，也不会让你离开我。我已经准备了很久，上完了恋爱训练课。现在，我终于有了足够的钱。明明，钱没有用处，它能让你快乐才有用处。它们都是你的！

**众人欢呼。**

    主持人：明明是谁？明明是谁？快，背景材料！

    马　路：你们欢呼什么？你们在为什么欢呼？我的心欢呼得快要炸开了，可我敢说我们欢呼的不是同一种东西！相信我，上天会厚待那些勇敢的、坚强的、多情的人，如果你们爱什么东西，渴望什么东西，相信我，你就去爱吧，去渴望吧，只要你有足够强烈的愿望，你就是不可战胜的！明明，我要给你幸福！谁都没有见过的幸福！

**明明出现在窗口。**

    明　明：我不要。

    主持人：她说什么？她说什么？我听不清。

    明　明：我不要，因为你要的东西我不想给你。

马　　路：不，我不要你任何东西，我要给你东西，我要给你幸福。

明　　明：谢谢，你自己留着用吧。

马　　路：什么？你在说什么？

明　　明：我说我不要——你的钱和你的幸福。

马　　路：为什么？

明　　明：你还是用这些钱做些能让你高兴的事情吧。

马　　路：能让我高兴的唯一的事情就是你！

明　　明：那我就更不要了。

马　　路：为什么？别跟我说你不需要钱，你不喜欢钱！

明　　明：我就是不要你的钱，你能强迫我要吗？我愿意当婊子挣钱跟你也没关系，我就是受不了你那副圣人似的面孔，我不爱你，我不想听见你每天在我耳旁倾诉你的爱情，我不想因为要了你的钱而让你拥有这个权力。听懂了吗？

明明从窗口走开。

马　　路：那我要它还有什么用？

大　仙：别听她的！如果有人天生这么下贱，把别人的好意当狗屎，最好的办法就是你也拿她当狗屎。

牙　刷：对！她根本是个不值一提的女孩，就是现在她赌咒发誓说她爱你都不能信她，何况她这种态度！

马　路：所有的气味都消失了，口香糖的柠檬味，她身上的复印机味，钱包的皮子味，我的鼻子已经闻不到任何东西。我开始怀疑自己，怀疑我对她的爱情，怀疑一切……什么东西能让我确定我还是我？什么东西能让我确定我还活着？——这已经不是爱不爱的问题，而是一种较量，不是我和她的较量，而是我和所有一切的较量。我曾经一事无成这并不重要，但是这一次我认了输，我低头耷脑地顺从了，我就将永远对生活妥协下去，做个你们眼中的正常人，从生活中攫取一点儿简单易得的东西，在阴影下苟且作乐，这些对我毫无意义，我宁愿什么也不要。

黑　子：傻瓜。

马　路：（对窗内）明明，我知道这些钱对我来说很多，对另一些人来说则很少。但是有一点他们不能跟我相比，我可以为你放弃我所有的，而他们不能。


马路说完，轻轻把提箱放下，下场。
众人呆看他，突然围拢在提箱前。

# 第二十二场

犀牛馆。

马　路：所有的犀牛都走了，你一个人在这儿不觉得孤单吗？新的犀牛馆很不错，宽敞明亮，通风良好。白犀牛塔娜它们都在那儿安顿下来了，还来了一头刚买的公犀牛，年纪还很轻，每天好奇地东看西看，向塔娜献殷勤。你不想去看看吗？只要你乖乖钻进那个摆满苹果、香蕉的笼子里，笼门一关，他们就会把你运到那边去了。你为什么总在那笼子前转来转去不肯进去呢？他们已经等了你一个月，我看他们已经失去耐心了。这里马上就要拆了，这个臭气冲天的地方有什么让你留恋的？主任说你明天要是还不肯就犯，就要动用麻醉枪了，看，枪就在这儿！你希望人家这样对待你吗？可怜的图拉。我知道你跟所有人都合不来，就像我和大仙、牙刷他们，待在一起不过是出于无聊。现在他们都认定我是个疯子，不再理我了。你如果像其他的犀牛一样顺从你的命运，你就不会整天这么郁郁寡欢。顺从命运竟是这么难吗？我看大多数人自然而然地就这么做了，只要人家干什么你也干什么就行了。所以我们都是不受欢迎的，应该被使用麻醉枪的。也有很多次我想要放弃了，但是它在我身体的某个地方留下了疼痛的感觉，一想到它会永远在那儿隐隐作痛，一想到以后我看待一切的目光都会因为那一点儿疼痛而变得了无生气，我就怕了。爱她，是我做过的最好的事情。

**明明上。**

　　马　路：明明。

　　明　明：我要走了，我是来向你告别的。

　　马　路：去哪儿?

　　明　明：上天会厚待那些勇敢的、坚强的、多情的人。

　　马　路：你要去找那个人?

　　明　明：也有很多次我想要放弃了，但是它在我身体的某个地方留下了疼痛的感觉，一想到它会永远在那儿隐隐作痛，一想到以后我看待一切的目光都会因为那一点儿疼痛而变得了无生气，我就怕了。爱他，是我做过的最好的事情。

　　马　路：你在说什么?

　　明　明：我刚才听见你这么说的。

　　马　路：那你明白了?

恋 爱 的 犀 牛

2012 年版《恋爱的犀牛》 刘畅 黄湘丽

明　明：我一直都明白。

马　路：你不走了？

明　明：走。

马　路：那你还不明白。我不会离开你，我也不会让你离开我的！

**马路突然扑向明明，要用绳子把她绑起来，明明拼命挣扎。**

马　路：我说过我是个守信用的人，那天夜里是你请求我不要离开你，也不许你离开我。所以你早该明白，你是哪儿也去不了的，你逃到天涯海角我也会把你找回来！别挣扎，挣扎没有用。我们注定要死在一起！

明　明：你这个傻瓜，放开我！你还不明白吗？我不想和你在一起！救命！救命！

**马路不容她再挣扎，狠狠地给了她一拳，明明昏了过去，瘫倒在马路怀里。**

# 第二十三场

舞台上，女孩明明被蒙着眼睛绑在椅子上。
马路坐在她旁边。

马　路：黄昏是我一天中视力最差的时候，一眼望去满街都是美女，高楼和街道也变幻了通常的形状，像在电影里……你就站在楼梯的拐角，带着某种清香的味道，有点湿乎乎的，奇怪的气息。擦身而过的时候，才知道你在哭。事情就在那时候发生了。我怎样才能让你明白我如何爱你？我默默忍受，饮泣而眠？我高声喊叫，声嘶力竭？我对着镜子痛骂自己？我冲进你的办公室把你推倒在地？我上大学，我读博士，当一个作家？我为你自暴自弃，从此被人怜悯？我走入精神病院，我爱你爱崩溃了，爱疯了，还是我在你窗下自杀？明明，告诉我该怎么办？你是聪明的、灵巧的、伶牙俐齿的、愚不可及的，我心爱的，我的明明……

马路摘下明明眼睛上的布。犀牛图拉发出叫声，它已经近在眼前。

明　明：你要干什么？走开！把这犀牛带走！

2012 年版《恋爱的犀牛》 刘畅 千雪雯

马　路：这就是图拉，我最好的，也是最后的伙伴。明明，我想给你一切，可我一无所有。我想为你放弃一切，可我又没有什么可以放弃。钱、地位、荣耀，我仅有的那一点点自尊没有这些东西装点也就不值一提。如果是中世纪，我可以去做一个骑士，把你的名字写上每一座被征服的城池。如果在沙漠中，我会流尽最后一滴鲜血去滋润你干裂的嘴唇。如果我是天文学家，有一颗星星会叫作明明。如果我是诗人，所有的声音都只为你歌唱；如果我是法官，你的好恶就是我最高的法则。如果我是神父，再没有比你更好的天堂；如果我是个哨兵，你的每一个字都是我的口令；如果我是西楚霸王，我会带着你临阵脱逃任由人们耻笑；如果我是杀人如麻的强盗，他们会乞求你来让我俯首帖耳。可我什么也不是。一个普通人，一个像我这样普通的人，我能为你做什么呢？

**马路突然掏出一把尖刀向犀牛刺去！**
**鲜血喷涌，图拉发出恐怖的嗥叫，暴怒地向马路冲去。明明尖声大叫着。**

马　路：别怕，图拉，我要带你走。在池沼上面，在幽谷上面，越过山和森林，越过云和大海，越过太阳那边，越过轻云之外，越过星空世界的无涯极限，凌驾于生活之上。前面就是一望无际的非洲草原，夕阳挂在长颈鹿绵长的脖子上，万物都在雨季来临时焕发生机。

**106**

马路举枪杀了图拉。图拉巨大的身体慢慢倒下。

马 路：这是我能给你的最后的东西，图拉的心，和我自己，你收留他们吗？明明，我亲爱的，温柔的，甜蜜的……

明明满脸泪水，说不出话来。

马 路：

一切白的东西和你相比都成了黑墨水而自惭形秽，

一切无知的鸟兽因为不能说出你的名字而绝望万分，

一切路口的警察亮起绿灯让你顺利通行，

一切正确的指南针向我标示你存在的方位。

你是不留痕迹的风，

你是掠过我身体的风，

你是不露行踪的风，

你是无处不在的风……

我是多么爱你啊，明明。

马路抱住绑在椅子上的明明。

明　明：你把诗写完了，多美啊，真遗憾。

探照灯突然亮了，警报声大作，所有人冲进犀牛馆，呆望着这一切
却不敢靠近。

　　警　察：马路，马上释放人质，你已经被包围了！

　　黑子等：马路！

马路对周围的一切无动于衷，只是紧紧地抱着明明。明明不动，眼
睛望着远处，突然唱起了歌。

明明的歌——《只有我》。

　　　　　　　　　对我笑吧，像你我初次见面。

　　　　　　　　　对我说吧，即使誓言明天就变。

　　　　　　　　　抱紧我吧，在天气这么冷的夜晚。

　　　　　　　　　想起我吧，在你感到变老的那一年。


　　　　　　　　　对我笑吧，像你我初次见面。

　　　　　　　　　对我说吧，即使誓言明天就变。

　　　　　　　恋 爱 的 犀 牛

享用我吧，人生如此飘忽无定。

想起我吧，在你感到变老的那一年。

**合唱起——《玻璃女人》。**

你是不同的、唯一的、柔软的、干净的、天空一样的，

你是我温暖的手套，冰冷的啤酒，

带着阳光味道的衬衫，日复一日的梦想。

你是纯洁的、天真的、玻璃一样的，

什么也污染不了，什么也改变不了，

阳光穿过你，却改变了自己的方向。


我的爱人，我的爱人，我的爱人，我的爱人……


—剧终—

完稿于 1999 年春节
2012 年再版修订

**1999** **2003** **20**

**2008** **20**

2014 年至今,《恋爱的犀牛》一次次重新注入新鲜血液,
一波又一波新演员在舞台上将这部戏的生命延续……

# RHINOCEROS IN LOVE

那些年 那些事

爱她，是我做过的最好的事。

2016 年 10 月的乌镇戏剧节，十几个年轻演员坐在"恋爱的犀牛"酒吧的枕水长廊上，廖一梅从旁边的孟京辉工作室下楼，从长廊另一头向他们走过来。桌边的演员们骚动起来，表情各异，一片惊呼，把廖一梅吓了一跳。这些年轻人是孟京辉工作室的新演员，他们经过重重严格的考试加入工作室的剧团已经好几个月，这是第一次见到廖一梅。一个留着齐刘海儿的漂亮女孩一直用双手捂着脸，满脸通红，不停叹息着，满头大汗，直到廖一梅在她旁边坐下依然不能平静。"对不起！太突然了。"她一直道歉，不知该说什么。"她怎么了？"廖一梅问她的同伴。旁边的人替她解释："你不知道她的故事吧？看见你对她太强烈了！她是上海戏剧学院毕业的，刚上学的时候，有个男孩追求她，给她写了很多热烈的情书。那些信实在写得太好了，她深受感动，两个人就好上了。后来，一年后，她发现男孩的情书是抄的你的剧本。所以，你能理解你对她的意义。"

这是关于《恋爱的犀牛》无数故事中的一个。《恋爱的犀牛》是廖一梅的第一部作品，也是从她生命中生长出的戏剧，后来它进入了更多人的生命，成为他们自己故事的一部分。

《恋爱的犀牛》首演于 1999 年，被称为"永远的爱情圣经"，是当代戏剧史上的奇迹，十几年来一直是最受欢迎的小剧场经典，文本更是深入人心，脍炙人口的台词被广泛传播和引用，成为文艺青年们辨识彼此的标志性语言。要谈论这部具有传奇色彩的话剧，先要讲讲它的创作者——剧作者廖一梅和该剧的导演孟京辉，他们相识于 1988 年的中央戏剧学院。

# 1988—1998

1988 年冬天，廖一梅在中央戏剧学院戏剧文学系读二年级，那一年，非科班出身当了一年中学老师的孟京辉考入中央戏剧学院，攻读导演系研究生。

廖一梅第一次见到孟京辉，是在本班的戏剧小品汇报课上。同班同学刁亦男编剧的作业《没有轮子的摩托》，是一个颇为前卫的作品，讲述一个弟弟去监狱探望哥哥，两个人在监狱中的各种奇思妙想——他们蹲在马桶上，幻想着自己正骑着摩托车在各处横冲直撞。

刁亦男的作业得分不高，对于老师来说，这个二年级学生的小品过于前卫和古怪，编剧和演出者都没得到什么赞赏。但是廖一梅当时深感震撼，觉得非同凡响。她深刻地记住了在小品中饰演弟弟的那个外班的研究生，无论神情、样子都跟中规中矩的研究生大相径庭的孟京辉。"他有着小动物一样的眼神"，"像小野兽朝天空龇出它还很稚嫩的利齿"。《恋爱的犀牛》中的这些台词，应该是来自廖一梅初见孟京辉留下的印象。

孟京辉在中央戏剧学院是个从未被赞赏过的学生，处分倒是拿过两个。他能量巨大，疯狂地热爱戏剧，厌恶循规蹈矩。他热衷于组织非学校系统的演出，在中央戏剧学院发起了史无前例的"实验戏剧十五天演出季"，蔡尚君、刁亦男、张扬、施润玖、张一白、胡军、郭涛等人都是他的同伙玩伴。他们用各式各样的角色，秃头歌女、哈姆雷特、罗慕路斯大帝、蜘蛛女等来"寻找戏剧可能性"。

廖一梅是这一切热闹的外围参与者，一个跟着玩的女生，帮忙干点小活儿，控制一下音效，排练结束后用电炉子笨手笨脚地做点什么……谁也没有想到，这个打杂的女生，后来成了孟京辉的黄金搭档，成为了影响众多年轻人的剧作家。

1989 年，中央戏剧学院教室，正在攻读导演系研究生的孟京辉和大学二年级的廖一梅

恋爱的犀牛

# 1992

1992 年 12 月，从中央戏剧学院毕业已经一年但一直都失业在外晃晃荡荡的孟京辉得以进入中央实验话剧院任导演，但作为年轻人，手上无戏可排，他又流窜回他熟悉的中央戏剧学院，导演了《思凡·双下山》。

1992 年夏天，廖一梅从中央戏剧学院毕业，进入一家出版社工作，两年后辞职。

1992 年 12 月，中央戏剧学院排练室，廖一梅和正在排练《思凡·双下山》的孟京辉

# 1993

1993 年，年轻、青涩、倔强、桀骜的廖一梅和孟京辉

1993 年，廖一梅和大学同学蔡尚君、刁亦男、孟京辉，以及在中央戏剧学院混迹的刘奋斗、史雷、蒋涛等人在一起

# 1995

1995 年，中央戏剧学院校庆，孟京辉和胡军、张杨等朋友们。他身边的戈大力后来成为他的重要合作伙伴，是《恋爱的犀牛》以及很多孟京辉戏剧的制作人

# 1997—1998

离开出版社的廖一梅，试图以写作养活自己，她写过各种东西，广告文案、歌词、专题片、电视剧、电影……1997年，她创作的多部电影剧本因审查、投资等各种原因受挫，让她很受打击。这一年，她决定回过头重新构思自己的第一部话剧，希望话剧能够有不被限制的更大的自由创作空间，但她没有想到，话剧这条路也是困难重重。

## 编剧说

有几年，我是个运气超差的电影编剧，完成了好几个电影剧本，都没能进行到下一步，因为各种原因搁浅。其中有一次，一部电影马上就要开拍了，还是被叫停了。那一年一起被搁浅的还有王小帅、陆学长他们那一拨人的好多部电影。

当时觉得很难继续下去，不知道该怎么写了，跟他们那帮人一起聊，都不知出路何在。我后来就开始写电视剧挣钱，但真正想写的东西，还是话剧。写电视剧的时候我觉得我的语言被完全束缚住了，电视剧有它自己的特点，它的一切要从日常写起，但是我觉得语言本来就是一把锋利之剑，

恋 爱 的 犀 牛

它总是要插在刀鞘里，不能尽情挥舞，让我很不满足。可是 1997 年的时候，话剧没有什么观众群，市场状况非常萧条，没人去看。国营剧团会有一些日常演出，就是几场而已。在这种情况下，我依然特别想写话剧，但没想好怎么写、怎么演，就这样一直到 1998 年。

1997 年年底孟京辉去了日本，在日本待了大半年的时间。他到日本的大小剧场看了一百多场戏，专挑观众多和观众少的戏看。这两种戏的对比让孟京辉意识到"实验和主流得同时进行"。

1998 年年初，廖一梅去日本探望孟京辉，并在日本陪了他一个月。回来后他们继续用传真、EMS 这些当年的通信工具保持联系。孟京辉给廖一梅寄了很多他画的画，那些他在看戏过程中或者看戏后脑袋中想到的画面。

这期间，廖一梅和孟京辉谈论着她想写的话剧，他们在信里讨论这出戏的种种构思。那时候，那还只是个

1997 年，廖一梅在天安门广场

1998 年年初，廖一梅和孟京辉在日本东京街头拍的人头贴

想去动物园看犀牛的廖一梅只看到了大象

没有名字的故事，讲述男女之间的爱情，讲述男人和女人之间的迷恋和战争，具体的情节和我们今天看到的《恋爱的犀牛》完全不一样。

1998 年夏，廖一梅开始动笔写《恋爱的犀牛》第一稿剧本。开始，设想的还是传统型的话剧，有故事的起承转合，有人物情节的细腻刻画，她在情节的铺陈中花了好多的笔墨，但是，突然，她不想那样写了。她想摆脱原有的传统话剧剧本的模式，想循着自己内心的追问和呐喊，写一部非现实的脱离固有故事结构的剧本。为此廖一梅曾去北京动物园看犀牛，但未能如愿，犀牛馆正在改建，她只看到了温顺的大象和"动物凶猛"这四个生猛的大字。这个情节被廖一梅用在了后来的剧本中。

同年，孟京辉结束大半年的日本之行后，回到北京。

在日本憋了那么长时间的他，精力充沛，创作力大爆发，在七个月里他连着导演了三部戏，其中最重要的一部就是《一个无政府主义者的意外死亡》。

1998 年 12 月某一晚，孟京辉导演的《一个无政府主义者的意外死亡》在海淀剧院演出，全场爆满，无一空座。廖一梅站在过道里看完了演出，两个小时里她被演员们现场即兴添加的各种祝贺结婚的笑料逗得前仰后合。那一天的早些时候，孟京辉和廖一梅冒着大风和严寒跑去月坛的结婚登记处登记结婚了，登记完直接去了剧场。至此，他们两人多年的爱情长跑告一段落。廖一梅回忆和孟京辉恋爱的那些年，形容他们俩之间的爱情就像是一场战争，两个个性倔强的人在爱恋与摩擦中无休止地较量，也因精疲力尽分手过几次，分手期间又陷入其他的爱情。但命运的力量永不可知，他们总是会又相聚在一起。

《一个无政府主义者的意外死亡》空前成功，当晚演出结束后，两人特意在舞台上的"剧终"幕布前留影，表示两人的长篇爱情连续剧已到"剧终"。12 月底，《一个无政府主义者的意外死亡》演出结束后，廖一梅和孟京辉去了欧洲度蜜月，这期间，两人继续讨论《恋爱的犀牛》。那时候它的名字叫《害相思的犀牛》，《恋爱

四個四重奏 1997年

頭髮的故事 97年11月
J.H.Mong.

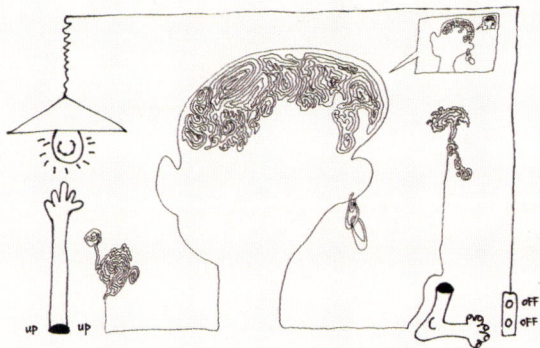

燕笑1997 MENGJINGHUI

孟京辉在日本期间，寄给廖一梅的九幅画

1998 年 12 月，廖一梅和孟京辉在《一个无政府主义者的意外死亡》剧终的大幕前合影，那一天是他们登记结婚的日子

的犀牛》是演出时孟京辉改的名字。

从欧洲回来，廖一梅直接住回了父母家，回到她的小书桌前重写《恋爱的犀牛》。她趴在桌上写了一个月，孟京辉不时过来看她，但更多的时间她都在独自写作。这一稿的剧本廖一梅完全打破了传统话剧的模式，抛弃了第一稿剧本的全部构思，让诗意的语言像一把利剑肆意挥舞，你甚至能感到它在空气中的震动，它划过时带来的轰鸣。

1999 年年初，剧本在那个小书桌前完成，再未动过一字，就是到现在一直演出了 18 年的这个版本。

请狐朋狗友的结婚饭，来的多是在中央戏剧学院
一起混大的同窗好友：施润玖、张有待、刁亦男、
张杨、张一白、雷昕、安宾、张楚等

# 1999

## 《恋爱的犀牛》在舞台上诞生

### 艰难筹资路

廖一梅给那时候的《恋爱的犀牛》初创团队的定义就是一群少年心气的小子，他们满腔热情要排一个戏，但是没有钱，他们需要出去找投资方，但谁会相信他们呢？谁会相信在话剧从未有过赚钱先例的年代，这群年轻人可以创造奇迹？

孟京辉为了向投资方证明自己的信心，去汉威大厦谈判时，带了自己房产的证明材料，要交给投资方做抵押。廖一梅和孟京辉结婚后住的房子是从剧院买的，这是他们唯一的财产。但是资本的市场并不是仅靠年轻、热情、真诚就可以勇往直前。没有成功案例，投资方很难相信这样一群年轻人的戏剧项目值得他们投资并能够给他们带来回报。在这个初创团队中担当制作经理角色的戈大力那时候还很稚嫩和实诚，当投资方问挣钱的分配方案和赔钱的解决方案时，戈大力脱口而出："挣钱都归你们。"廖一梅在旁一听，就知道没戏了，这句话不明摆着他们是没有任何挣钱的底气的嘛。出乎意料，这家广告公司可能是被孟京辉拿出房子的劲头说服，同意投资。大家欣喜若狂，马上签了合同，建组排练。

借排练场，找演员，租剧场，样样事儿都是一波三折，那时候自己排一出戏就如同在荆棘丛生的荒地里开一条路，初创之艰辛只有经历过的人才知道。终于人马齐备，开始排练，三四天后，廖一梅忽然接到投资公司一位股东的电话，那位股东是她小时候认识的一位大姐姐。打电话的人说自己很愿意支持这个项目，但是因为公司的其他股东不同意，只有终止这个合同了，非常抱歉。接这个电话的时候，廖一梅和孟京辉站在排练室外面的楼道里，剧组的演员们都在里面排练，他俩什么也没对剧组的人说，站在楼道里想办法，搜肠刮肚地希望想起一两个可以借到钱的人。那时候他们认识的有钱人实在不多。但是，无论是孟京辉还是廖一梅都从未产生过就这样算了的想法。在这一点上，他们很一致，都是永不放弃的那种人。

在楼道里踱步的漫长时间里，孟京辉想到了他一个弃文从商的大学同学陈风雷，马上拨了电话，只是说自己现在排戏出了问题，需要钱。长驻上海的陈风雷也很简单地回了句："后天我飞回去找你。"那一天，孟京辉带着廖一梅早早地等在酒店，等着这个唯一的救星到来。后来的事情很简单，陈风雷问了需要的钱的数目，说服公司的董事会同意，没签任何合同就拿

钱给了孟京辉。关于这个戏挣钱或是赔钱的后续办法，什么都没有谈。正因为是这样的朋友，廖一梅和孟京辉商定，如果这出戏赔了钱，她会写电视剧剧本把钱还上。

《恋爱的犀牛》最低的演出预算有 21 万多，孟京辉一个人背着个双肩包坐地铁去陈风雷在公主坟那边的公司，分几趟把现金背了回来。

剧组的排练一直进行着，无论外面多艰难，排练场永远是欢声笑语，所有的人都很开心。年轻人总是兴致勃勃精力无穷，不懂得什么叫作"难事儿"。排练完了，还聚在一起打牌，争先恐后，互不相让。

1999 年，《恋爱的犀牛》剧组排练期间

## 演员那些事

　　《恋爱的犀牛》的男主角的第一个人选是陈建斌，剧本刚写好时就说定了。在孟京辉他们疯狂找投资各种碰壁的时候，有一天，陈建斌把孟京辉叫到中央戏剧学院旁边的一家小饭馆，对他说："这个戏我排不了了。我手头只有1000块钱，房租要800，我得去拍一个电视剧。"当时陈建斌的行为对孟京辉来说无异于背叛，背叛他们常常一起谈论的共

# 1999

1999 年,《恋爱的犀牛》剧场,廖凡、李乃文、廖一梅

1999 年,《恋爱的犀牛》后台,齐志、吴越、廖一梅、
杨婷、郭涛、于江楹、唐旭、李梅、孟京辉

同的戏剧理想。他当场就跟陈建斌急了，两人不欢而散。廖一梅只觉无奈，但能理解陈建斌的处境。毕业后，廖一梅一直靠写电视剧剧本和电影剧本来挣钱维持生活。而孟京辉对陈建斌的愤怒，是因为对孟京辉来说，钱永远不在他生活考虑范围之内，他从来没有操心过钱的事情。在中央戏剧学院读研究生时期每到月底没钱时，孟京辉就坐在宿舍楼门口，中午碰上谁要去吃饭，就让带上他，他从不觉得丢人，特别坦然，特别心大。这点让廖一梅觉得不可思议，非常佩服。即使是去日本的那段时间，别人问孟京辉一个做话剧的用什么养活自己时，他会自豪地说："我不用挣钱，我女朋友写电视剧剧本挣钱。"孟京辉身上一定是有什么过人之处，才能如此意志坚强，不为世俗所动。

陈建斌离开《恋爱的犀牛》剧组，孟京辉找到了郭涛，他们在学校就一直合作，非常默契。但是女主角一直没有合适的人选——一个让马路陷入疯狂的女人，应该是个美丽而复杂的混合体。吴越恰恰在这个时候被郭涛找来了。那时吴越刚拍完一部连续剧，正在北京休息，郭涛在酒吧碰到她，问她有《恋爱的犀牛》这样一个实验剧她愿不愿意参加，吴越特别有兴趣。后来吴越就来了。孟京辉在中央戏剧学院的毕业生里，找来了杨婷、李乃文、李梅等等，就这样，大家凑到了一起，《恋爱的犀牛》最初的演员团队就形成了。这一次聚首让大家成了一辈子的好朋友。

后来吴越说，她当时特别紧张，怕孟京辉不要她，因为她虽然是个小有名气的电视剧演员，但是没有演过话剧啊，也就只在上海话剧艺术中心跑过一个龙套。郭涛跟她说有这个戏的时候，她特别希望能演，但心里忐忑。跟郭涛见面的那个晚上回到住处，她手上拿着一大串钥匙，看不清哪把是房门钥匙，她当时对自己说如果能一次就拿对房门钥匙把门打开，她就肯定能演这个戏。后来她随便拿了一把钥匙，门突然就打开了，她心里特别高兴，觉得自己肯定没问题了。而对孟京辉和廖一梅来说，剧组能有一个电视明星来，是非常乐意的一件事。

《恋爱的犀牛》原声音乐专辑

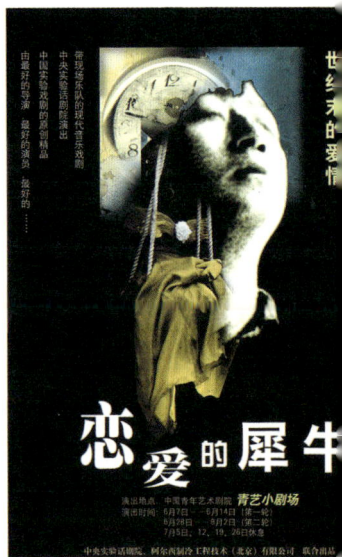

1999年版《恋爱的犀牛》海报

## 排练趣事

　　孟京辉在带着演员排练的过程中有自己非常独特的方法，他先带着大家做游戏，等大家玩够了之后再排戏。玩些什么游戏呢？孟京辉会先组织大家一起练声乐，接着大家一起打扑克牌"敲三家儿"，男女生各一拨，谁输了谁钻桌子。在游戏中，每个人都将自己的想法展示出来，供孟京辉筛选。一堆人中，郭涛的点子是最多的，他非常有喜剧天赋，后来杨婷演的红红很经典的那句"一骚、二媚、三纯洁……"就是郭涛帮着一起想出来的。

郭涛在剧中演唱的部分，孟京辉希望能够在台上自弹自唱，每天排练时郭涛得额外抽出两三个小时来进行练习。廖一梅为《恋爱的犀牛》写好了词，孟京辉就想着去找老搭档"吟游诗人"张广天来谱曲。

那时候，张广天正在给一个夜总会写音乐剧，忙得焦头烂额。所以排练的日子都过了大半了，张广天的曲子还没有交上来。孟京辉急了，排练都快要结束了，没有音乐怎么行。后来孟京辉直接找到张广天，来了句"这么办吧，打个车，你在车上写"。就这样，在出租车围着三环路跑了两圈后，张广天居然真的交稿了。

## 玻 璃 女 人

我的爱人 我的爱人 我的爱人

你永远不知道

你是我渴望已久的晴天

你永远不知道

你是我难以忍受的饥饿

你永远不知道

你是我赖以呼吸的空气


我的爱人 我的爱人 我的爱人

你是那不同的 唯一的 柔软的 干净的 天空一样的

你是我温暖的手套 冰冷的啤酒

带着太阳光气息的衬衫

日复一日的梦想

你是纯洁的 天真的 玻璃一样的

你是纯洁的 天真的 水流一样的

你是纯洁的 天真的 什么也改变不了

阳光穿过你 却改变了自己的方向

# 1999

## 氧 气

对我笑吧 笑吧 就像你我初次见面

对我说吧 说吧 即使誓言明天就变

享用我吧 现在 人生如此漂泊不定

想起我吧 将来 在你变老的那一年

过去岁月总会过去

有你最后的爱情

过去岁月总会过去

有你最后的温情

所有的光芒都向我涌来

所有的氧气都被我吸光

所有的物体都失去重量

我的爱已经走到了所有路的尽头

对我笑吧 笑吧 就像你我初次见面

对我说吧 说吧 即使誓言明天就变

享用我吧 现在 人生如此漂泊不定

想起我吧 将来 在你变老的那一年

所有的光芒都向我涌来

所有的氧气都被我吸光

所有的物体都失去重量

我的爱已经走到了所有路的尽头

## 恋 爱 中 的 犀 牛

鸟儿全飞向南方

我不是鸟儿不需要南方

树叶都面对着阳光

我不是树叶不需要阳光

我多么孤单

我多么勇敢

我是一只害相思的犀牛

我多么孤单

我多么勇敢

我是一只恋爱中的犀牛

火车已驶进了站台

我不是火车不需要终点

雨水已经打湿了衣裳

我不是雨水不需要待在天上

我不是雨水不需要待在天上

我是一只恋爱中的犀牛

## 给你的诗

一切白的东西和你相遇都成了黑墨水暗淡无光

一切鸟兽因为不能说出你的名字而万分绝望

一切路口亮起绿灯让你随意通行

一切指南针为我指出你的方向

你是不露痕迹的风

你是轻轻掠过身体的风

你是无时不在无处不在的风

我的爱人我的爱人

你是我温暖的手套

冰冷的啤酒

带着太阳光气息的衬衫

日复一日的梦想

你是纯洁的天真的玻璃一样的

你是纯洁的天真的水流一样的

你是纯洁的天真的什么也改变不了

阳光穿过你

却改变了自己的方向

你是纯洁的天真的玻璃一样的

你是纯洁的天真的水流一样的

你是纯洁的天真的什么也改变不了

阳光穿过你

却改变了自己的方向

恋 爱 的 犀 牛

## 演出盛况

　　《恋爱的犀牛》能够顺利上演是廖一梅当时唯一的愿望。愿望终于在 1999 年的那个夏天达成时，她感觉自己已经没有任何其他奢望了，对于有多少人来看并没有什么期待。

　　那时候，剧组没有钱也没有媒体资源登广告，只找报社的朋友发了一篇小报道。意料之外的奇迹不知是怎么发生的，《恋爱的犀牛》在那个僻静的北兵马司胡同里开始演出，越演观众越多，越演胡同变得越拥挤。青艺小剧场在 1999 年 6 月迎来了它最辉煌的时刻，剧场外等待进场的观众排成长龙。不知道从哪儿来了那么多人，大家都拼命往里面挤、涌，孟京辉、廖一梅和剧组的人像是傻了一样看着突然发生的奇迹场景，目瞪口呆。当时有朋友问廖一梅："你们肯定特别高兴吧？"廖一梅说："真的没有，累得快死了。"除了要承受着还钱的压力，还要忙着排练，忙着首演的很多杂事，对于廖一梅来说，喜悦

1999年，《恋爱的犀牛》开演前的一个傍晚，廖一梅站在当时青艺小剧场所在的北兵马司胡同里

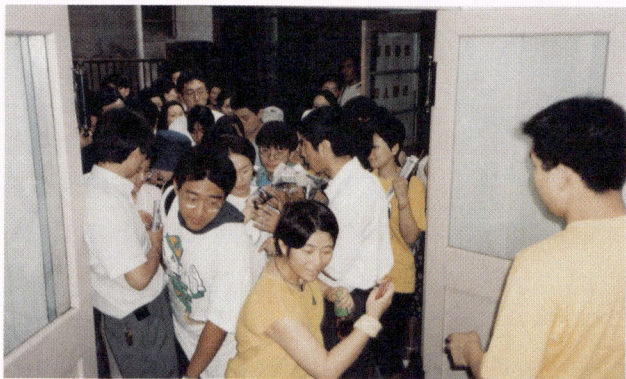

1999年，《恋爱的犀牛》北兵马司胡同
首演进场情况

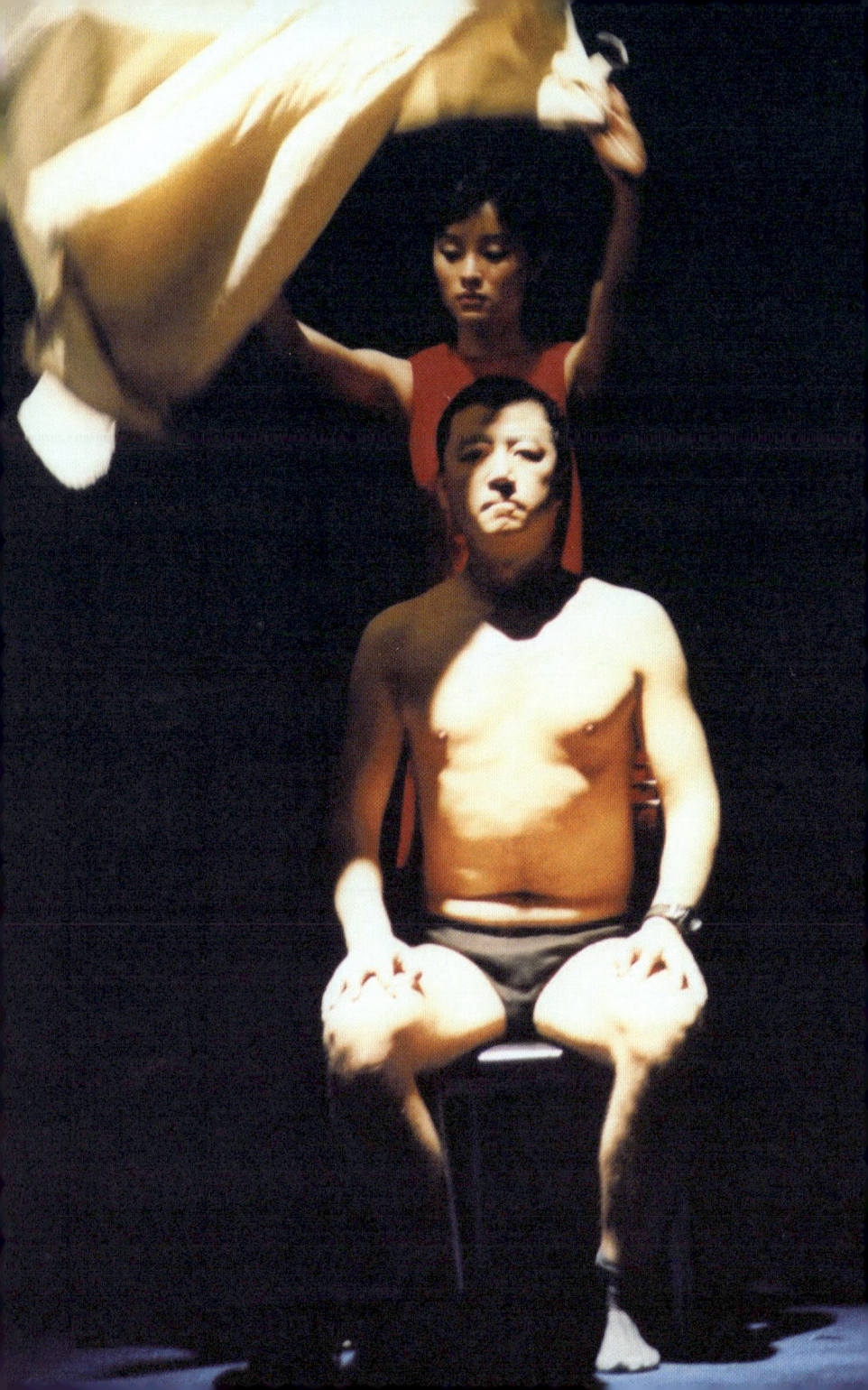

1999

首演剧照

那 些 年　那 些 事　　147

感被各种忙碌和劳累冲淡了。40场演出，有许多人是坐在台阶上看完这部长达两个多小时的戏。首轮八场的演出票房已经是青艺小剧场通常情况下20到30场的收入。在青艺小剧场演出40天，参与的每个人都特别慌张，每天都需要应付千奇百怪的事情。北兵马司胡同里从来没有来过这么多人。很多人骑着自行车来，然后将自行车停在居民家门口，被挡了门的居民老大爷冲进剧场大喊大叫，廖一梅特别英勇地带人出去找老大爷理论，等她冲过去，发现只有她一个人傻兮兮地出来了，其他人都没有跟过来。但即便是非常劳累，他们也是欣喜的。

去看《恋爱的犀牛》的观众在演出前会接到一份调查表，表上设计了很多关于《恋爱的犀牛》和话剧的详细的问题，表格最后还以"有可能获得神秘礼物"的方式进行填表的引导，剧组以这样最直接的方式来搜集观众的意见，不停地思考戏剧的表达方式。

**吴越：**孟京辉带领的剧组是个很神奇的团队，在《恋爱的犀牛》剧组里我每天都觉得很快乐。我很少接触这样一个群体，大家都很熟，都很默契，我们排练的时候还玩扑克牌游戏，廖一梅偶尔来看我们排练的时候也会加入。那个牌只能 6 个人打，我们都抢着来。其实当时心里很紧张，感觉刚开始排练就演出了，刚演出点感觉，就演完了，40 场演出，飞快就过去了。过了好几年，有一年在上海的家里，我重新看《恋爱的犀牛》的演出录像，哇！这剧本写得太牛了！太棒了！我当时演的时候，根本就没有懂。那时候小，没经过什么事儿，演是演了，但没有真的从心里懂。对《恋爱的犀牛》是慢慢懂的。因为这出戏，认识了孟京辉、廖一梅、杨婷、李乃文，他们一直是我最好的朋友，互相信任，一起经历了很多事。

**郭涛：**我始终能记得那段台词："如果是中世纪，我可以去做一个骑士，把你的名字写上每一座被征服的城池。如果在沙漠中，我会流尽最后一滴鲜血去滋润你干裂的嘴唇……"那个夏天很幸福，我们一起做了件迎接新世纪特有意义的事。

1999 年，我有一点点身处世纪末的焦躁和不安。孟京辉找到我让我去演马路的时候，我对表演工作是有一点排斥的，特别是话剧，后来跟孟京辉聊了很多次，我才下定决心去演这个戏。

我非常喜欢马路的最后一场戏，每回演完就感觉死过了一次一样。第一场的时候，因为过度投入，在演挖取犀牛心脏那一场的时候，我坚持用真刀替换了事先准备好的木刀，结果用劲太猛，把左手给砍了，鲜血直流，台下的观众以为是特效。下场后我直奔医院缝了十多针。后来张广天专门为我设计了一套"三指琴法"，我才能将《恋爱的犀牛》继续演下去。

# 2003

## "非典"过后的狂欢

2003 年七八月份，中国刚经历完"非典"，国内所有人的情绪都很低落。孟京辉希望用作品重拾希望，表现人的生命力的顽强，于是他想到了《恋爱的犀牛》。

此时郭涛和吴越已经没有档期再次出演，孟京辉和制作人戈大力商量，看是否能找段奕宏和郝蕾来演。

在第一版演出时，郝蕾就经常跟着廖凡来剧组玩，她和剧组的人以及孟京辉、廖一梅都很熟。郝蕾很喜欢《恋爱的犀牛》，还只是在后台观看的时候，她就经常情不自禁地将台词念出来，但真要自己来演，她却对自己有所怀疑。廖一梅觉得郝蕾非常合适，她比优雅的吴越更加"神经质"，更加任性，执拗，个性鲜明。段奕宏也是，也有一点"神经质"的气质在身上。他们是一对更加强烈的马路和明明。事实证明孟京辉和廖一梅的眼光是独到的，郝蕾和段奕宏接了这部话剧，他们在舞台上对戏的时候，情感达到了编剧和导演想要的尖锐效果。

这一次，《恋爱的犀牛》再度不负众望，带动了小剧场的繁荣局面，开启了戏剧创作的繁荣期。

**段奕宏：**《恋爱的犀牛》剧组找到我时，刚好与电影《可可西里》的档期冲突。我选择了话剧，因为剧本和孟京辉。然而，我和孟京辉经历了一个很长时间的磨合，排练中，我和孟京辉吵得特别厉害。孟京辉说："你哭什么呀，在台上哭多难看啊，有本事你让台下的观众哭啊。"我说："我不哭我难受啊！"一方面我想要他那种先锋戏剧的东西，另一方面我不想放弃学了四年的戏剧观念，这个磨合的过程非常难受。

段奕宏 郝蕾
2003

**郝蕾:** 我和《恋爱的犀牛》的结缘是在 1999 年的首轮演出,那是我大学三年级的时候,我连看了四场,那时候我就想如果我能演明明该多好啊。我毕业后被分配到国家话剧院,突然有一天北京人民艺术学院的林兆华导演要找我演戏,打电话去我们剧院的时候正好碰上孟京辉在剧院办公室,孟京辉就要我去演《恋爱的犀牛》。我一听就答应了。

2003 年,段奕宏、郝蕾主演《恋爱的犀牛》宣传照在段奕宏、郝蕾主演的《恋爱的犀牛》第二版中，舞台布景由巨大的镜子、很多暖气管子和下水道篦子组成，这些暖气管子和下水道的篦子都是孟京辉搞来的。

当时，廖一梅和孟京辉还住在话剧院的宿舍。

有一天，廖一梅看向窗口的时候发现门前所有下水道的篦子都消失了，廖一梅当时心想"天哪，那些偷东西的人太猖狂了，卖废铁的把门口下水道的篦子都偷走卖了"。后来廖一梅就问孟京辉有没有发现这一点，孟京辉听完后蒙着头狂笑，原来那些东西都是孟京辉让人搬走做舞台布景去了。

观众有时会问为什么会有这么多暖气管和篦子，孟京辉的回答是"不知道"，他说他需要的只是这些东西呈现出来的氛围质感，但这些东西本身并没有什么实质的指向性的意义。后来2008年开始采用水舞台，又有很多人来问水的意义，但其实所有舞台的呈现都是导演和舞美对整部戏的一种感觉，通过舞台的呈现提供一种通道，让观众进入到戏剧中。

2003

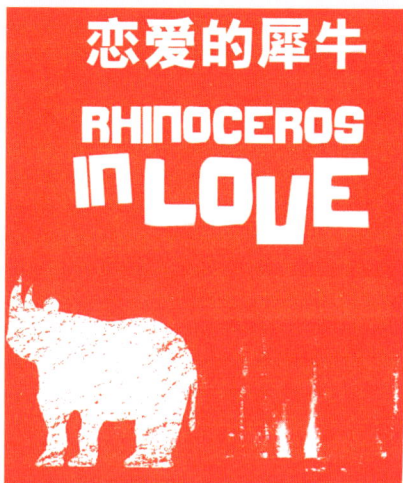

2003 年，段奕宏、郝蕾主演《恋爱的犀牛》海报

## 编剧说

《恋爱的犀牛》从我恋爱、结婚，再到生孩子，一直陪伴着我的生命。段奕宏和郝蕾这版《恋爱的犀牛》演出的时候，我特别喜欢跟他们在演出结束后一帮人出去吃饭，然后耗到半夜。李乃文和杨婷的"黑白芝麻"对口是京城一绝，经常对阵到最后整个饭馆鸦雀无声，就听他们俩"黑芝麻旺白芝麻旺旺"，连气口都没有，台词一流，技惊四座。

记忆最深的那一次是在北京人民艺术剧院的演出，一大帮人跑到旁边的一个叫红番茄的饭馆吃饭，吃的番茄火锅之类的，大家特别高兴，吃完后我回家睡下没一会儿就吐了。第二天我挨个儿问他们吃完后有没有事有没有吐，还说这家店以后都不敢去吃了，肯定有问题。然而所有人都说没事。这事也就过去了。后来去上海演出，我特别困，天天在酒店里睡觉，不愿意出门。他们出门去演出，在他们快演完的时候，我再赶快去谢个幕，在上海的演出期间我都是这样的。直到回到北京，我才意识到不对劲，去做了检查，才知道自己是怀孕了。这个孩子跟着我在《恋爱的犀牛》台上谢了无数次幕，我因为演出也粗心地没有意识到他的到来。

# 2004

## 《恋爱的犀牛》突破百场

　　2004 年,《恋爱的犀牛》要重归舞台了,郝蕾因为电影档期原因不能继续接演。孟京辉就立刻想到了王柠。

　　孟京辉从王柠还是中央戏剧学院的学生时,就开始关注这个特别的女孩子。原本 1999 年初排这部戏的时候,孟京辉找的就是王柠,但王柠正好有事。2003 年再演时,孟京辉又是第一个打电话给王柠,王柠还是有事。到了 2004 年,才真正让孟京辉得以达成夙愿。

**王柠:** 我身上更多的是一种不确定的东西,有很多混合的因素。但这种不确定和混合可能就恰好是另外一种很清楚的形象,它就好像是一种气息,能让人感觉得到。也许正

段奕宏 王柠
2004

2004 年，段奕宏、王柠版《恋爱的犀牛》宣传照

恋爱的犀牛

好就是这一点吸引了孟京辉吧，他会觉得这种气息应该是明明身上该有的一种气质。

我是第一次登上大舞台，以前在学校的时候都没有正经演过大戏，扮演明明对于我来说非常紧张非常痛苦，更何况我还是个慢性子。进剧组后，孟京辉一开始不理我，有时甚至不排我的戏，就让我在旁边看着杨婷、李乃文他们排群戏，他说他就是要"渗"着我。在渗的过程中，我逐渐感受到了整个戏的节奏与氛围，才从中找到了自己把握这个角色的方式。

**段奕宏：** 从 2003 年到 2004 年，我心中对于戏剧的观念的矛盾终于彻底打通。在第三版审查完之后，我和孟京辉大吵了一架，那一架关乎我们之间表演观念的冲突。那是一次袒露心声的吵架，特别让我难忘。

### 编剧说

在首都剧场，我上台谢幕，刚鞠了躬，孟京辉忽然对着话筒说："我要特别感谢《恋爱的犀牛》的编剧，我的妻子廖一梅。"我大吃一惊，当场就红了脸。我和孟京辉一直试图回避我们非工作的那一面生活，从未一起接受过采访，拒绝谈论任何私生活，所有的合影都和演员一起，谁在介绍的时候不说我是编剧而说我是孟京辉的老婆，我都跟人急。这是他唯一一次当众提到我除了编剧之外的另一重身份，我也不知道他是感谢我写了《恋爱的犀牛》，还是感谢我刚生了儿子。

# 160

2004年，段奕宏、王柠版《恋爱的犀牛》排练照

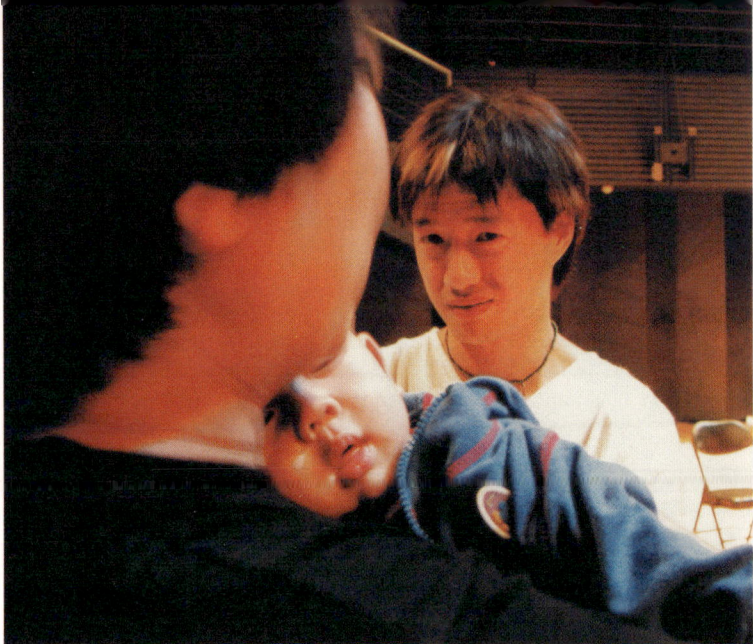

2004 年，段奕宏、王柠版《恋爱的犀牛》在首都剧场上演。孟京辉
抱着刚出生不久的儿子在排练场

恋 爱 的 犀 牛

2008

## 犀牛有家了

蜂巢剧场在北京东直门外大街，它由原来的一家电影院改建，是属于孟京辉工作室自己的剧场。蜂巢剧场是廖一梅起的名字，当时她正坐在桌边吃早饭，而孟京辉急急忙忙要去注册剧场名称，廖一梅看看正喝着的蜂蜜姜茶，抬起头说："蜂巢剧场，怎么样？"就这么定了。

《恋爱的犀牛》张念骅、齐溪版的首演被定为蜂巢剧场的开幕大戏。孟京辉不仅亲自为蜂巢挑选每一块瓷砖和地板，还亲自为新版《恋爱的犀牛》设置了特殊的舞台装置——水舞台。这个灌满水的舞台经过多个月的施工、反复实验才得以成功，它为《恋爱的犀牛》呈现了奇异的超现实色彩。

《恋爱的犀牛》在 2008 年再度上演，它的又一次成功不仅证明了自身

的经典性和旗帜性，亦见证了中国小剧场戏剧从无到有、筚路蓝缕而又浩浩荡荡、不可逆转的发展之路。

有了自己阵地的《恋爱的犀牛》愈发义无反顾，一如爱情应有的姿态。台上的年轻人们延续这部戏一直以来的疼痛和爱恋，也传达着孟京辉先锋戏剧的精神：年轻、独立，锐不可当。

从此，《恋爱的犀牛》成为蜂巢剧场的长演剧目，也成为中国戏剧演出史上第一部定制剧场演出的戏剧，长演不衰，场场爆满。

2008 年，张念骅、齐溪版《恋爱的犀牛》海报

2008 年，张念骅、齐溪版本票据大信封

2008 年，张念骅、齐溪版本票据小信封

齐溪：《恋爱的犀牛》改变了我的人生状态。表演其实是由外到内，再由内到外，它是一个吃进去以后再吐出来的过程。

# 2008

**张念骅：**我第一次看《恋爱的犀牛》是郭涛版的碟。大一在北京人民艺术剧院看段奕宏演的现场，特别震撼。我排演林兆华的《樱桃园》时，第一次见到孟京辉导演，之后便有了多次合作，直到 2008 年与齐溪搭档演《恋爱的犀牛》。马路和孟京辉导演身上有一些东西很像，就是很执着、很有力量、很有劲。孟京辉导演身上的敏感和执着，以及他对社会不同的理解，这些都会感染到我。

我记得我演完第一场后，没去参加庆功会，而是独自一个人在街上走了两个多小时，心堵在那里，说不出来的感觉。

《恋爱的犀牛》像是一把利器，把我们生活中层层包起来的东西划开了，虽然感到痛，但是还有甜蜜、幸福。不仅仅是爱情，我们希望把所有美好的东西坚持到底。

**张武：** 1994 年，我进中央戏剧学院就看老孟的作品，当时太惊讶了，没想到话剧居然可以是这样的，跟我从小长大的环境（河南省话剧院）演的话剧完全不一样。而且这个导演（老孟）以及制作人（戈院长）还老去中央戏剧学院踢足球，我从小学到高中都是校队主力左边锋，大家玩得愉快，从中午踢到天黑……自然合作也就成了早晚的事。

1999 年《恋爱的犀牛》舞美不是我做的，是另一个"球星"，我们师哥赵海设计的，做了个达利的"眼睛"……从 2003 年开始，《恋爱的犀牛》的舞美开始由我来设计，这其实是我第二次和导演合作，现在回头想想觉得当年很幼稚，战斗精神很足，不知道怎么才能对得起舞台设计这个称呼，有多大劲使多大劲，不知道控制，不知道分寸，希望观众印象深刻，希望观众永远难忘，希望观众睡不着觉，希望女观众爱上我们……

2008 年这个版本的《恋爱的犀牛》是我和孟京辉合作以来最艰难的一次，技术上

恋爱的犀牛

比以往任何一个戏遇到的困难都多。蜂巢剧场，这个崭新的空间给了我们很多创作的灵感和兴奋感。我们曾在这次合作前一起去美国看了很多戏，这对我们有很大的影响。这个版本的很多想法都是我们在美国倒时差、睡不着觉的时候聊出来的。舞台上高达 7 米的镜面背墙，将整个观众席都照得清清楚楚，似乎每个观众也都是剧中的一部分。舞台变成一个巨大的水池：30 吨水从四面八方涌出，演员们在水中奔跑摔打，溅起无数的水花。

每一场演出结束后我都会想有些小改变，改变的原因来自对现实的不满足，即便是生活无比幸福，沐浴着阳光，看着书昏昏欲睡，也会突然被自己惊醒：不行！需要改变，否则将太危险了！！！永远改变，因为我改变了，所以永远做好改变的准备，随时！你等着瞧……

2008 年，蜂巢剧场，导演孟京辉、舞美张武、编剧廖一梅
和《恋爱的犀牛》剧组

2008 年，蜂巢剧场开业前，孟京辉和廖一梅的儿子站在
剧场前厅的油漆桶上，那天是他四岁生日

恋 爱 的 犀 牛

# 2008

观众们都发现，2008 年版《恋爱的犀牛》首演的时候，音乐和空间一样都有了一个很大的创新。郭龙领导演员打着鼓，张玮玮操持着舞台后面的金属格子上的各种乐器。

音乐总监邵彦棚觉得《恋爱的犀牛》是一部温暖又挣扎的爱情戏，马路身上所散发的，是最执着的情感和最原始、笨重的表达方式，所以他加入了电子和工业的音乐元素，来展现不一样的质感。反过来，话剧的节奏感又能够给电子音乐很好的节奏感和控制力，这种跨领域的合作，让孟京辉和三个音乐人都获得了更多的东西。

**张玮玮：** 我和孟京辉的第一次合作是 2007 年的《镜花水月》，那时候邵彦棚叫我去和他一起做配乐。后来参与《恋爱的犀牛》也是因为邵彦棚。

2008 年孟京辉复排《恋爱的犀牛》，找邵彦棚做配乐，邵彦棚找到我合作。他做电子音乐的部分，我做器乐的部分。从那时起直到 2010 年《恋爱的犀牛》的演出我都参与其中。做配乐和乐队的演出不一样，音乐不是独立呈现的，而是要寻找和演员表演、台词、灯光合在一起的气氛，像是某种化学反应。

孟京辉是我目前为止接触过的让我最服的艺术家。他对音乐很有鉴赏力和判断力，也有一定的审美要求。我们在音乐上口味接近，他很尊重音乐人提出的动机，我们会拿出自己认为合适的音乐，和演员一起配合看是否合适，最后由导演来判断。

隔一段时间导演或演员都会根据近期的演出体会做一些调整。即使不改动基本调度，每场也会略有不同。现场的有意思，也就在这里。我们是现场演奏者，同时也是戏剧中的表演者，是导演的一个符号。戏剧中的音乐表现更有活力，更 live，因为演员们每一场的表现都不一样，演奏者的感受也不一样。

我配乐时习惯跟着演员默念台词，那会儿

**2008**

对台词很熟，大约是 2009 年的时候我就真的上台演了几次。那时候，有个演员生病缺席演出，最后其余演员分了他的角色，剩下"经纪人小王"的一场戏，演员实在分不过来，我就自告奋勇和演员排练了一下上台了，演了大概五六场。

2008 年 12 月 31 号凌晨，我突然肾结石病发，第二天早上去医院，在一台机器上用激光碎石，像修汽车一样，直到下午才治好。出医院很虚弱，我给剧组打电话说恐怕不能演出了，他们只好准备硬着头皮在没有配乐的情况下"干演"。我在家躺到 6 点半，越躺心越慌，最后背上琴打车就去了蜂巢剧场。大家看我到了都很高兴，但很关心我的状况，劝我别硬撑。我心里也没底，就和他们说万一撑不住就只能中途离场，但那天上台后很神奇，什么错都没有出，反而演得很好，演员们也都表现超常，大家像是在一起帮我撑住什么一样。我那天在配乐的小台子上感受到了演员和工作人员给我传过来的能量，当时心里很有种感动，为我们能相互温暖一起工作，并对得住那个舞台而欣慰。那场演出记忆尤其深刻。

快十年了，挺荣幸的，他们为我打开了另一扇门，让我懂得了戏剧的魅力。

**编剧说**

在最初公演时，我最常被问到：这到底在讲一个什么故事？马路和明明是怎么回事？他们后来怎么了？

这当然与我的初衷南辕北辙。这也是为什么在这一次的新版里，我们又在舞台的表现形式上花了很大的力气。我希望更超现实一些，更抽离一些。观众来看戏，看到的是一个飞翔在生活上空的东西，不要着陆。

马路还有明明那些话，是我想说的，也是很多人想说的，只是在现实中会遇到很大的阻力，或者不知道该如何去表达。而《恋爱的犀牛》是一个出口。

2008 年新版《恋爱的犀牛》剧组新加入音乐指导
邵彦棚、张玮玮、郭龙

那 些 年　　那 些 事　　　　177

演出后的剧组在蜂巢剧场吃涮羊肉

《恋爱的犀牛》剧组经常在演完戏之后，把观众席收起来，在剧场中搭一张长桌，唱着歌吃涮羊肉。他们还连着好几年的圣诞节，演完戏后在蜂巢剧场放大投影，看通宵电影。

**编剧说**

2008 年 5 月，《恋爱的犀牛》排练间隙，
我在街边的小店买了一顶黑色的窄边草
帽。在我砍过价付了钱戴上那顶帽子后，
小店主人认出了我，然后隔着收银台，
开始背诵《恋爱的犀牛》里的台词："黄
昏是我一天中视力最差的时候……"

当时，我戴着那顶草帽，手里握着钱包，
不好意思地站在那儿，在别人的注视下
听她把台词背完……

这种情景，我经历过很多次，但，仍感
到不可思议。

《恋爱的犀牛》离开我的手已经 9 年了，它是以
何种方式保存在人们的记忆里呢？

《恋爱的犀牛》是我写的第一部话剧，也是演出
场次最多、版本最多的一出戏，对于这出戏的
流传，我不但没有预料到，直到现在也依然感
到不解。它实在是一部任性的作品，个人化到
极致，因为它无遮无拦的激情，我有时甚至不
好意思再去看它。

在反反复复讨论新版《恋爱的犀牛》舞台方案
的时候，我忽然意识到《恋爱的犀牛》和《琥
珀》最大的不同。《恋爱的犀牛》是火热的，是
燃烧着的火焰，火焰是不分青红皂白的，直接
而坦白，无所谓克制和羞涩。它就是火焰，年
轻的火焰，我想要留存住的不可复制的火焰。

在 2008 年版《恋爱的犀牛》最初排练的那段
时间，我避免走进排练场。我的在场让那些
年轻的新演员感到紧张，而其实，我也一样紧
张——简直不敢看，不知道那"年轻的火焰"
在燃烧了 9 年之后变成了什么样子，是否依然
有力，是否依然亮如白昼，是否依然让人头晕
目眩，而我自己，是否已被时间的软刀慢慢雕

# 2008

刻琢磨，害怕再正视那太明亮的火焰。

直到最后一次联排，我才在刻意的迟到之后悄悄坐在了后面。

那天，我再次感到了它的热，年轻的、过剩的荷尔蒙。我以前没有这样看待过这出戏，这次却明确地意识到其中强烈的性的意味，旺盛的生命力，没有出口的生命力，要炸开的生命力，它以疯狂的决心和热情寻找的是"献身"，而不是"幸福"。

一个试图保持尊严的年轻人对生活骄傲而任性地喊着："忘掉是一般人能做的唯一的事，但是我决定不忘掉她。"他的年轻是显而易见的，丝毫不理会这"不忘掉"引发的巨大痛苦和长时间的困惑，如此决绝，我想这可能就是《恋爱的犀牛》在大学里被反复排演的原因。

如果你不是处于那样的荷尔蒙高涨、激情迸发的状态，你可能会觉得别扭，甚至费解，会为此不好意思，想对此做出评判。但你该记得，每个人都曾经如此，都有那样的时刻，有的人只有过瞬间，有的人深藏于内心，但你一定有过。它常常会随着岁月的侵蚀变得模棱两可，有时会显得愚蠢可笑，只有很少的人以奇异的力量拒绝被时间侵蚀，使自己得以保住那团不熄的火焰。

我们都会长大、变老，有的人会庆幸那团火焰的黯淡，庆幸裹挟着你的滔天巨浪终于慢慢退潮，这样可以带来内心的平静和安宁，自认成熟的人会认为这样才是生命的常态，但我很高兴我以前不是这样的人，以后也不会是。

如果剧场能唤回你的记忆，呼应那些心底的渴望，剥掉那些让心灵和感官变得麻木的、被生活磨出的厚厚的老茧，让你重新感到柔软和冲动，你会知道，生命的本质就是这般无遮无拦的、勇敢的、坚强的、多情的。

写下这些话的时候，我也意识到了 9 年的时光在我身上留下的印记，那就是可以理智地谈论这一切。但是那火焰，我知道，它依旧燃烧着，不曾黯淡。

2008 年 6 月 19 日
写于 2008 年版《恋爱的犀牛》首演

2008 年，《恋爱的犀牛》剧组在洪晃家的院子里拍摄《iLOOK》封面，前排：编剧廖一梅、导演孟京辉、舞台美术张武；后排：张念骅、齐溪、王泷正、寇智国

2008 年 12 月，上海，廖一梅的父亲和儿子在
《恋爱的犀牛》海报前

# 2009

## 十年记忆

也许1999年时的廖一梅和孟京辉从来没有想过《恋爱的犀牛》能够走过十年，甚至走向更远方……2009年，《恋爱的犀牛》迎来了它十周年的生日，这一次，四个版本的演员会聚到上海，来了一场十周年的纪念演出。

台下的观众看着台上从第一版的马路和明明到最新版的马路和明明，虽然不知道他们每个人在这十年里都经历了什么样的风雨，但有种相似的情绪蔓延在那个空间里，仿佛在这个舞台上也看到他们自己多年来爱情路上的四季风景。

## 编剧说

《恋爱的犀牛》演到第 10 年，我心情轻松地看着剧组上上下下忙成一团，一天都不能懈怠。每天 7 点半，鼓声都会在剧场里响起，灯光刺穿黑暗，你会看见那十几张年轻而严肃的脸。

演出开始，无论夏天冬天，这些演员日复一日地站在没脚的水中，男主角会在雨中完成他最长的独白。

无论多么固执任性的人，10 年的岁月也会在他

恋 爱 的 犀 牛

2009 年，《恋爱的犀牛》十周年纪念

身上留下痕迹。那是不同的风景，无所
谓好坏高下。但每次我走进剧场，在远
处看着舞台上的马路和明明，我知道，
在戏中，我永远也不会老了，年轻时的
激情完好无损地保存在那儿，与所有和
它脉动相似的心相互感应、冲撞，它在
剧场里形成一种奇异的力量，那力量会
在怵然间令我的时空倒转……

2009 年 2 月 25 日，《恋爱的犀牛》
在罗马尼亚首演。

男女主角马路和明明分别由罗
马尼亚年轻演员达·博尔代亚努和
拉·乔治乌扮演。

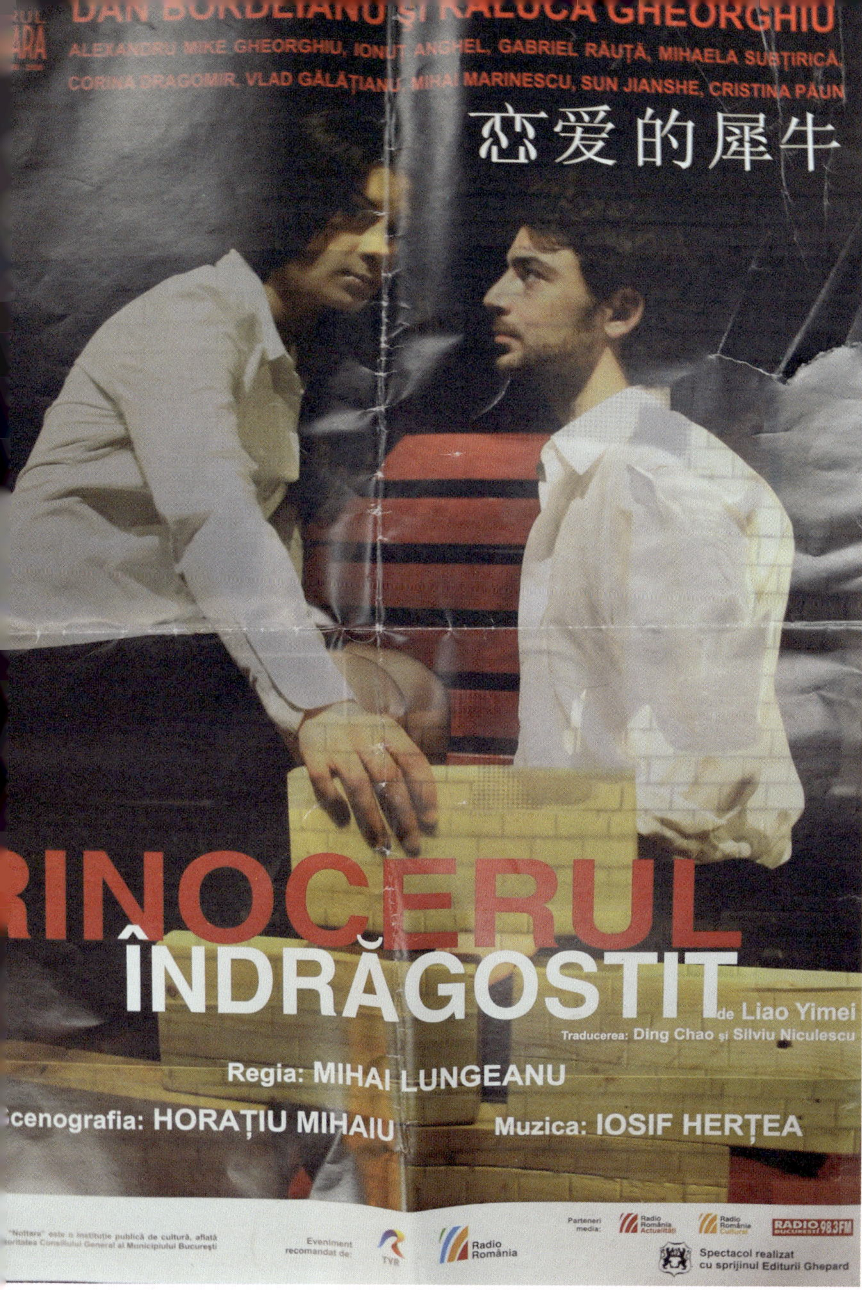


罗马尼亚语版《恋爱的犀牛》海报

2011 年，张念骅、齐溪版《恋爱的犀牛》
参加澳大利亚墨尔本艺术节

# 1

## 《恋爱的犀牛》巡演澳大利亚三大艺术节

2011 年 9 月 15 日至 10 月 11 日，《恋爱的犀牛》受邀作为唯一一部中国话剧作品参加澳大利亚阿德莱德 OZ 亚洲艺术节、布里斯班艺术节和墨尔本艺术节，向观众展示了中国当代戏剧文化和现代艺术的独特魅力。

演出前一年，孟京辉就带领着团队为这次巡演开始做准备，舞美、灯光、音效等工作人员更是多次前往澳大利亚当地进行剧场考察，他们力求将蜂巢剧场的"水景奇观"完美复制到南半球观众的面前。

此次《恋爱的犀牛》均只接受提前预订的观众入场，于是，一票难求的景象出现在了一万公里之外。前往布里斯班 Powerhouse 剧场的观众中有 60% 都是澳大利亚的本土居民，

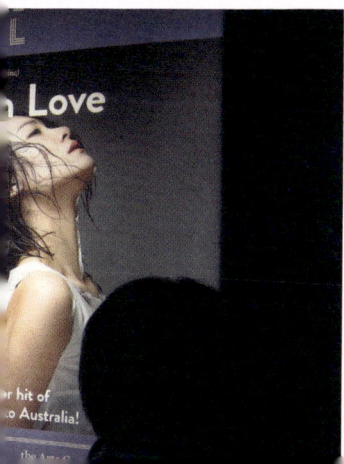

然而即使存在着语言不通的客观情况，《恋爱的犀牛》跨越国界，靠着它精湛的台词和精彩的舞台呈现，获得了南半球观众们的掌声和赞叹。

　　当日，布里斯班艺术节的总监亲自到场，与热情的观众们一起，庆祝《恋爱的犀牛》在澳大利亚首演成功。

# 2012

2012 年，孟京辉启用了自己工作室的优秀签约演员刘畅、黄湘丽，开始新一轮的巡演。

孟京辉想用这些年轻鲜活的血液让《恋爱的犀牛》永葆热情和朝气。

**刘畅：** 演马路前，我演了 900 多场的黑子，后来演马路演了 600 多场，演到后面我觉得我就是马路了。可能每一个人都是马路，当你有美好愿望的时候，当你坚持的时候，当你执着追求一个事情的时候，你就是马路。

2012 年，刘畅、黄湘丽版《恋爱的犀牛》

## 《恋爱的犀牛》打破千场纪录，
## 千场从玩笑话变成真实

1999 年首次登上舞台时，在那个偏僻胡同的剧场里演出的《恋爱的犀牛》靠着观众口耳相传，创造了奇迹。

2003 年《恋爱的犀牛》重排之时，孟京辉曾夸下海口说，此剧必会冲破千场。没想到 2012 年，《恋爱的犀牛》的千场时刻真的到来了。

2012 年 8 月 7 日至 8 月 12 日，《恋爱的犀牛》在保利剧院以绝版阵容亮相，以 13 年来的五版演员阵容完成它的千场纪念版演出。2003 版中的"明明"郝蕾再登台，由郝蕾演唱的《氧气》在剧中一直使用至今。演出了 800 多场《恋爱的犀牛》的演员张念骅也重拾"马路"一角。郭涛、吴越、段奕宏、杨婷、李乃文、廖凡、王柠、刘晓烨也登台成为不同场次的"彩蛋"。

《恋爱的犀牛》已成为中国当代流传最广的戏剧文本，并被翻译为英文、法文、德文、意大利文、罗马尼亚文、朝鲜文，每年在世界各地的剧

是中国戏剧史上第一部靠纯票房盈利的小剧场话剧
《恋爱的犀牛》回到 1999

1999 年的夏天，《恋爱的犀牛》在中国青年艺术剧院剧场演出，孟京辉导演，廖一梅编剧，这个看起来对于商业而言有些危险的爱情故事，随即发出叫好又叫座的井喷式效应。原定的第二轮演出加到了四十场。在最火的那两个月里，北兵马司胡同里排着队都买不到票的观众，跟蜗牛的过速度不相上下地疯速排多队子。《恋爱的犀牛》在首轮演出就挣了钱，总票房将近五十万。这使它成为了中国戏剧史上第一部靠纯票房盈利的小剧场话剧。饰演"牙刷"的李乃文后来回忆道："有一天，我们在后台排彩灯打魔，孟京辉喊了句的跑进来说，我X，你们快出来看看，不得了了！然后我们一出去，看到从票房一直到对面马路出去，全是排队买票的人，当时我们都傻了。"

BQ
W E E K L Y
鋒・CULTURE

"犀牛"幕后的故事
回到1999

余润文 X 孟京辉 X 廖一梅
找准炸点，然后引爆

郝蕾
我是个勇于爱的人

张念骅
三年马路，像活在真空中

郭涛
骨子里跟马路很像

吴越
第一个明明是"柠檬味儿"的

《恋爱的犀牛》千场特辑
第一千次爱你

北京青年周刊《恋爱的犀牛》
千场特辑

团和民间剧社上演，更是全国高校剧团排演率最高的一出戏。

　　1999 年到 2012 年的 14 年间，《恋爱的犀牛》在全世界 36 个城市累计达 1000 场演出，巡演里程 226800 公里。

　　迄今为止的五个版本各有粉丝，这与每个人不同的个人记忆有关。这部戏与很多人的青春和爱情关联在了一起，不被遗忘。

《恋爱的犀牛》千场纪念开场前
的廖一梅、孟京辉，以及一众
嘉宾演员

《恋爱的犀牛》千场版，导演、编剧、演员合影

## 编剧说

12 年前的激情留在了舞台上，12 年后再回头看，我发现这个戏已经脱离开我，与观众发生着关系。这个戏就像个磁场，不管是创作者、演出者，还是观众，只要走进剧场，面对这只"犀牛"的时候，都会在身体里产生相同的频率，被一种东西击中。我想这就是戏剧的魅力。

2012年，《恋爱的犀牛》千场演出后，孟京辉在台上向观众行注目礼

　　刘畅回忆道："千场演出结束时，我正好在舞台后方，导演站在台上，平时话很多的他什么也没说，就那样站在那里，目送着观众离场。他那样的状态大概持续了5分钟，那一刻我感受到了他百感交集的复杂心情，于是将镜头对准了他和台下的观众，灯光从天花板直射下来，他此刻的情绪、他对《恋爱的犀牛》的多年情感都在此刻被定格。"

# 2013

## 家人

　　所有参与过《恋爱的犀牛》的人都像一家人一样维持着亲密的感情。

　　2013 年，红红的扮演者张紫淇结婚，孟京辉更是担任了婚礼中领着新娘进场的父亲角色。

孟京辉、廖一梅夫妇出席《恋爱的犀牛》中红红扮演者张紫淇的婚礼，孟京辉担任父亲的角色

New Polo 新青年
全国高校公益巡演

孟京辉戏剧作品

# 恋爱的犀牛

编剧：廖一梅　导演：孟京辉

## 永远的爱情圣经

《恋爱的犀牛》全国高校公益巡演花絮

# 2014

## 《恋爱的犀牛》百场全国高校巡演，"犀牛"风暴席卷校园

据不完全统计，《恋爱的犀牛》是高校中排练频率最高的剧本，于是，廖一梅和孟京辉萌生了将这部戏带入高校的想法。后来，他们真的就着手实现了。

2015年的10月，孟京辉戏剧工作室将"犀牛图拉"牵进高校，以公益的方式为学生们奉上他们的《恋爱的犀牛》。

公益巡演期间，校园剧场内座无虚席。

《恋爱的犀牛》凭借其独特魅力征服了校园里的年轻人们。散场后学生们还在将剧中的台词口口相传。《恋爱的犀牛》的精神就如同一枚火种，在每一场演出后，悄然埋在观众的内心深处。

除了演出，孟京辉戏剧工作室还联合各大高校在校内举办戏剧活动，邀请高校师生参与戏剧工作坊、大师戏剧讲座、戏剧展览、剧本朗读会、戏剧排演指导……颇有意义。

100
全国高校巡演

New Polo新青年
《恋爱的犀牛》高校巡演

01

New Polo新青年《恋爱的犀牛》全国高校巡演100场，
是中国当代剧坛史无前例的创举，是2014至2015年推
动全国的校园文化艺术事件。此次高校巡演覆盖全国
14个省，18座重点城市，在45所高校内进行演出，观
众至少12万人，间接覆盖近300万人。

100
全国高校巡演

全国海选

02

2014年8月，孟京辉戏剧工作室面向全国范围内招募
《恋爱的犀牛》主演，数千人报名，有800人获得进京参加复试。

04

05

100
全国高校巡演

序幕拉开

03

New Polo新青年《恋爱的犀牛》全国高校巡演100场，
2014年9月，《恋爱的犀牛》全国高校巡演在北京蜂巢
剧场举办的发布会，正式拉开全国高校巡演序幕。廖一梅、
孟京辉、犀利、邵鹏、吴越、杨婷、齐溪等人悉数到场。

1?

，剧定期准计划，确保
保证演出质量

戏剧工作坊

New Polo新青年《恋爱的犀牛》全国高校巡演剧坊
《恋爱的犀牛》全国高校巡演剧组进行了十多次工作
坊活动，剧组与高校剧团深入沟通与交流，旨在促进
校园戏剧的发展。

20 /

席卷校园

，全国高校巡演在上海同济
拉开始犹如犀角在各大校园，

青春的荷尔蒙 剧本朗读会

青春的荷尔蒙——剧本朗读会在中国人民大学内举办，数百人参
加，并在剧坊与演员一起朗诵剧本，感受《恋爱的犀牛》文本
的魅力与力量。

21 /

，这个十字的绿荫，
青年大学剧在比较过
次、挣扎大校园

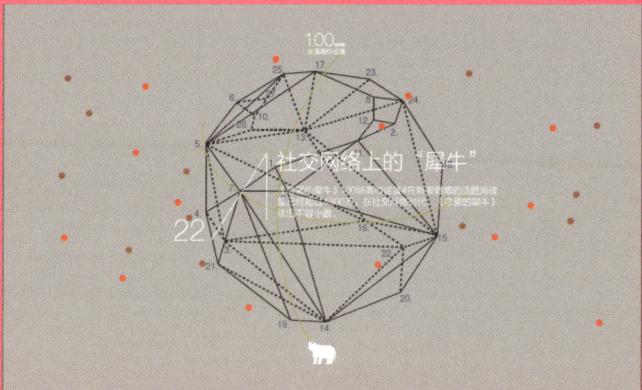

社交网络上的"犀牛"

《恋爱的犀牛》的热潮深入网络媒体，获得深刻的话题阅读
量，引发了众多讨论，在社交网络上形成独特的《恋爱的犀牛》
社交文字矩阵。

22 /

百场校园演出剧照
下图中演员为任悦、麦子

恋 爱 的 犀 牛

2014 年,《恋爱的犀牛》在法国阿维农戏剧节

**导演说**

总有人这样问：这次你排的戏和以往的
有什么不一样？一般的情况我都故作骄
傲地说：一切都不一样，这次是最新
的，最新鲜的。

每次排戏都是一种习惯，一种姿态，一
种冲动。有人在坚硬的石头上刻上自己
的名字，有人以柔软的心灵对抗岁月的
侵蚀，有人在沙滩上留下脚印，有人以
梦想引导现实，这些都是痕迹，都是行
动。和以往的戏有什么不一样其实并不
太重要，重要的是我们相信创造，相信
想象力。

2014年，《恋爱的犀牛》在意大利
那不勒斯、都灵、热那亚巡演

2016 年，肖鼎臣、毛雪雯版《恋爱的犀牛》

　　2016 年年初，《恋爱的犀牛》已演出
1800 多场，肖鼎臣、毛雪雯成为了新的马路
和明明。

2016 年，张弌铖、刘爽版《恋爱的犀牛》

2017 年春天，《恋爱的犀牛》在
法国巴黎崭露头角，四场戏的戏票上
线后转眼售罄，巴黎剧院的经理大为
震惊。接下来，《恋爱的犀牛》还将
受邀去往洛杉矶、旧金山、西雅图等
地继续播种犀牛之爱……

# 2017

在世界没变得太坏之前，

抓紧时间做爱吧！

18 年来,《恋爱的犀牛》见证了无数人的成长,从未有一部戏剧拥有如此深远的影响力——它改变了许多人的生活轨迹,影响了几代人对爱情、对梦想的自我诠释,镶嵌进一代又一代年轻观众的青春,记录和改写着一代人的情感基因。它从北京的红墙下破土而出野蛮生长,从北兵马司胡同里的青艺小剧场,演遍中国的大中城市、全世界的五大戏剧节,从亚洲到欧洲到大洋洲。日复一日,18 年过去,《恋爱的犀牛》冥冥中成为具有特殊情感记忆的专有名词。

恋爱的犀牛

2014 年，《恋爱的犀牛》在法国阿维农戏剧节

生命不息,恋爱不止。

**图书在版编目（CIP）数据**

恋爱的犀牛 / 廖一梅著. -- 长沙 : 湖南文艺出版社, 2017.8（2023.7重印）

ISBN 978-7-5404-8010-3

Ⅰ.①恋… Ⅱ.①廖… Ⅲ.①话剧剧本—中国—当代 Ⅳ.①I234

中国版本图书馆CIP数据核字(2017)第068551号

# 恋 爱 的 犀 牛
LIAN' AI DE XINIU

廖一梅 著

| | |
|---|---|
| 出 版 人 | 陈新文 |
| 出 品 人 | 陈 垦 |
| 出 品 方 | 中南出版传媒集团股份有限公司 |
| | 上海浦睿文化传播有限公司 |
| | 上海市万航渡路888号开开大厦15楼A座（200040） |
| 责任编辑 | 耿会芬 |
| 装帧设计 | 尚燕平 |
| 责任印制 | 王 磊 |
| 出版发行 | 湖南文艺出版社 |
| | 长沙市雨花区东二环一段508号（410014） |
| 印 刷 | 深圳市福圣印刷有限公司 |

开本：880mm×1230mm 1/32    印张：7    字数：50千字
版次：2017年8月第1版    印次：2023年7月第11次印刷
书号：ISBN 978-7-5404-8010-3    定价：69.00

本书得以成功完稿，特鸣谢以下资料协助者（排名不分先后）

摄影：
陈旭人人、崔峻、田雨峰、西方、刘畅、李晏、李乐为、张玮玮、华山等

图文史料线索提供：
孟京辉戏剧工作室的王好、刘心宇等

部分史料参考资料：
《南方周末》2000.0.19 《"犀牛"止传：绝不要溅满生活的泥浆》
《北京晚报》2008.6.10《"犀牛"长年驻"蜂巢"》
《北京青年周刊》"恋爱的犀牛"特刊等

**PR** 浦睿文化
INSIGHT MEDIA

出 品 人：陈　垦
监　　制：余　西　于　欣
出版统筹：胡　萍
采　　写：杨　萍
编　　辑：林晶晶　靳田田
装帧设计：尚燕平

欢迎出版合作，请邮件联系：insight@prshanghai.com
新浪微博 @浦睿文化